KB188225

크리스마스 캐럴

지은이 | 찰스 디킨스
옮긴이 | 한지영

1판 1쇄 펴낸날 | 2014년 12월 10일

펴낸이 | 이주명
편집 | 문나영
출력 | 문형사
인쇄 | 한영문화사
제본 | 한영제책사

펴낸곳 | 필맥
출판등록 | 제300-2003-63호
주소 | 서울시 서대문구 경기대로 58 (충정로2가) 경기빌딩 606호
홈페이지 | www.philmac.co.kr
전화 | 02-392-4491
팩스 | 02-392-4492

ISBN 978-89-97751-41-9(03840)

이 도서의 국립중앙도서관 출판시도서목록(CIP)은 e-CIP 홈페이지(http://www.nl.go.kt/cip.php)
에서 이용하실 수 있습니다.(CIP제어번호: CIP2014033455)

크리스마스 캐럴

찰스 디킨스 지음 | 한지영 옮김

팔맥

나는 유령이 나오는 이 책을 쓰면서 어떤 한 생각을 전해줄, 그러면서 독자들이 스스로나 다른 사람에 대해 기분 나빠지지도, 크리스마스를 불편하게 느끼지도, 나에게 못마땅한 마음이 들지도 않게 할 유령을 불러내려 애썼다. 부디 그 유령이 독자들의 집을 즐겁게 드나들기를, 아무도 그 유령을 쫓아내려 하지 않기를 빈다.

독자들의 충실한 친구이자 하인,
찰스 디킨스
1843년 12월

A CHRISTMAS CAROL

차례

제1장
말리의 유령

이 말부터 해두자. 말리는 죽었다. 그건 의심할 여지가 없다. 말리를 매장한 기록에 목사, 스크루지 밑에서 일하는 직원, 장의사, 그리고 상주가 서명했다. 상주는 스크루지였는데, '스크루지'는 그가 거래소에서 어떤 종목에 손을 대어도 통하는 믿을 만한 이름이었다. 늙은 말리는 대갈못*처럼 죽은 것이다.

그런데 잠깐! 이렇게 말은 하지만 나는 대갈못이 어떤 면에서 다른 사물보다 특별히 더 죽어 있다는 건지를 알지 못한다.

....

* 둥글넓적한 대가리가 붙은 못. 여기서는 문 두드리는 쇠고리와 부딪쳐 소리가 나도록 대문에 박은 못을 가리킨다.

나로 말하면 시중에 거래되는 철물 중에서는 관에 박는 못이 가장 죽어 있다고 생각하는 편이다. 하지만 우리 조상의 지혜가 이 비유에 담겨있을 터이니, 불경스럽게 손댈 생각은 없다. 안 그랬다간 나라가 망할 테니까. 그러므로 여러분은 내가 다시 한 번 딱 부러지게 말리가 대갈못처럼 죽었다고 말해도 이해해주기 바란다.

말리가 죽은 걸 스크루지가 알고 있었느냐고? 물론이다. 아니었을 리 있겠는가? 스크루지와 말리는 나도 얼마나 오래인지 모르는 오랜 세월을 동업자로 지냈다. 스크루지는 말리의 유일한 유언집행인, 유일한 유산관리인, 유일한 재산수탁인, 유일한 친구, 그리고 유일한 문상객이었다. 그럼에도 스크루지는 그 슬픈 사건에 크게 동요하지 않았다. 그러기는커녕 장례식 당일에도 수완 좋은 사업가답게 아주 싸게 장례를 치러냈다.

말리의 장례식 얘기를 하다 보니 내가 무슨 얘기를 하던 중이었는지가 생각났다. 말리가 죽은 것은 의심할 여지가 없다. 이 점을 확실히 알아두어야 한다. 그러지 않으면 내가 이제부터 하려는 얘기가 하나도 놀라울 게 없다. 햄릿의 아버지가 연극이 시작되기 전에 이미 죽었다는 사실을 철썩 같이 믿지 않으면 그가 한밤에 동쪽에서 불어오는 바람을 맞으며 성벽 위를 거닐고 있다는 것이, 어떤 중년 신사가 어둠이 내린 뒤 어느 바람 부는 곳, 이를테면 세인트 폴스 처치야드* 같은 데서 심약한 아들을 놀랜답시고 불쑥 튀어나오는 것보다 더 놀라울 게 없는 것처럼 말이다.

스크루지는 옛 친구 말리의 이름을 지우지 않았다. 사무소 건물 문 위쪽에는 말리가 죽은 뒤에도 오래도록 '스크루지와 말리'라고 쓰여 있었다. 그래서 그 사무소는 사람들 사이에서 '스크루지와 말리'라는 이름으로 통하고 있었다. 처음 거래하게 된 사람들 가운데 스크루지를 스크루지라고 부르는 이도 있고 말리라고 부르는 이도 있었지만, 스크루지는 두 경우 모두 대답했다. 스크루지에게는 그게 그거였다.

오! 그런데 인색하기 짝이 없는 스크루지. 그는 쥐어짜고, 비틀고, 잡아채고, 긁어내고, 움켜쥔 것을 놓지 않는, 탐욕스러운 늙은 죄인이다! 어떤 강철로 쳐도 불 한번 화끈하게 일으키지 않는 부싯돌처럼 무정하고 매몰찼고, 비밀스럽고 독불장

....
* Saint Paul's Churchyard. 세인트폴 대성당과 묘지를 에워싸고 있는 런던 중심가의 거리. 셰익스피어의 희곡 《햄릿》을 처음 출간한 서적상이 이곳에서 살았다고 한다.

군인데다 자기 혼자서만 노는 게 마치 껍데기 속에 들어있는 굴과 같았다. 스크루지의 내면을 채운 냉기 때문에 늙은 얼굴은 얼어붙었다. 뾰족한 코는 더 뾰족해졌고, 뺨은 쪼글쪼글해졌으며, 걸음걸이는 뻣뻣해졌다. 눈은 벌겋게 충혈됐고, 얇은 입술은 퍼렇게 변색됐다. 귀에 거슬리는 목소리로 내뱉는 말은 약삭빨랐다. 머리, 눈썹, 뻣뻣한 턱에는 차가운 서리가 덮였다. 그는 언제나 차가운 분위기를 몰고 다녔다. 푹푹 찌는 더운 날에도 사무실을 얼음장처럼 싸늘하게 만들었고, 크리스마스가 되어도 그 냉기가 단 일도도 누그러지지 않았다.

외부의 열기나 냉기는 스크루지에게 별다른 영향을 미치지 못했다. 기온이 아무리 따뜻해도 온기를 느끼지 못했고, 아무리 추운 날씨에도 몸을 떨지 않았다. 어떤 바람도 스크루지보다 매섭지 않았고, 어떤 눈도 스크루지처럼 집요하지 못했으며, 간청을 거절할 때 보면 세차게 퍼붓는 비라 해도 스크루지처럼 매정하지 못했다. 아무리 험한 날씨라도 스크루지를 이길 수 없었다. 그러나 퍼붓듯 내리는 비나 눈, 우박, 진눈깨비가 한 가지 면에서만큼은 스크루지보다 낫다고 자부할 수 있었으니, 그것들은 이따금 아낌없이 퍼붓기라도 하지, 스크루지는 결코 그런 법이 없었다.

누구도 길에서 스크루지를 멈춰 세우고 반가운 얼굴로 "스크루지, 어떻게 지내나? 언제 한번 놀러 오지 그래?" 하고 묻지 않았다. 그에게는 거지들도 푼돈이라도 주십사고 애원하지 않았고, 아이들도 지금이 몇 시냐고 묻지 않았다. 스크루지의 일생을 통틀어 남자든 여자든 이러저러한 곳에 가려면 어떻게 가야 하느냐고 그에게 물은 일이 단 한 번도 없었다. 심지어 맹인안내견조차 스크루지를 알아보는 것 같았다. 스크루지가 오는 것을 보면 주인을 문간이나 길가 쪽으로 끌고 갔다. 그러고는 "저주의 눈이라도 하나 갖느니 아예 눈이 없는 게 낫습죠, 앞 못 보는 주인님!"이라고 말하는 듯이 꼬리를 흔들었다.

그렇다고 스크루지가 신경을 썼을까? 그러는 태도들은 바로 스크루지가 바라는 바였다. 번잡한 인생길을 헤쳐 나가는 동안 그 어떤 인간적 동정의 감정도 가까이 다가오지 못하게 경계하는 것, 그것이 곧 스크루지에게는 뭘 좀 안다는 사람들이 말하는 '상책'에 해당하는 것이었다.

어느 날, 그러니까 일 년 중에서 가장 좋은 날인 크리스마스이브에 늙은 스크루지는 자신의 회계사무소에서 자리에 앉아 바삐 일하고 있었다. 춥고 황량하고 살을 에는 듯한 날씨였다. 게다가 안개까지 자욱했다. 사람들이 거리에서 거칠게 숨을 몰아쉬거나 손으로 가슴을 두드리고 언 발을 녹이려고 보도 위를 쿵쿵 구르며 오가는 소리가 스크루지의 귀에 들려왔다. 거리의 시계가 이제 막 세 시를 가리켰을 뿐인데도 날은 이미 꽤 어두워져 있었다. 사실 그날은 하루 종일 밝지 않았다. 이웃한 여러 사무실 창가에서 촛불이 손에 만져질 듯한 갈색 공기에 불그스름한 자국을 찍는 듯이 일렁이고 있었다. 온갖 갈라진 틈이며 열쇠구멍마다 안개가 밀려들어왔다. 게다가 그 안개는 얼마나 짙은지, 거리가 아주 좁은데도 맞은편 집들이 유령처럼 보였다. 우중충한 먹구름이 무겁게 내려앉으며 모든 것을 흐릿하게 만드는 광경을 보고 있노라면, 아주 가까이에 사는 대자연이라는 이웃이 어마어마하게 많은 양의 차를 끓이고 있다는 생각이 들 정도였다.

스크루지의 사무실 문은 직원을 감시할 수 있도록 열려 있었다. 직원은 건너편에 있는 무슨 통 같은 작은 골방에서 편지를 베끼고 있었다. 스크루지도 불을 아주 조그맣게 피워 놓았지만, 직원이 일하는 방의 불은 훨씬 더 작아서 마치 석탄 한 덩어리가 타고 있는 것처럼 보였다. 하지만 직원은 석탄을 더 집어넣을 수 없었다. 스크루지가 석탄통을 자기 방에 두고 있기 때문이었다. 그래 놓고 직원이 삽을 들고 들어가면 이제 우리가 그만 볼 때가 된 모양이라고 어김없이 말하는 것이었다. 그런 까닭에 직원은 흰 목도리를 두르고 촛불에라도 몸을 녹여보려 했지만 상상력이 풍부한 사람이 아니어서 소용이 없었다.

"메리 크리스마스, 삼촌! 하느님의 가호가 있기를!" 활기찬 목소리가 들렸다. 스크루지의 조카였다. 어찌나 빨리 다가왔는지 스크루지는 그 소리를 듣고서야 조카가 온 것을 알았다.

"흥! 헛소리!" 스크루지가 말했다.

안개와 서리를 뚫고 급히 걸어오느라 열이 오른 탓인지 스크루지의 조카는 벌겋게 달아올라 있었다. 불그스름한 얼굴이 잘생겼다. 눈이 반짝반짝 빛나는데 입에서는 다시금 뿌연 입김이 새어나왔다.

"크리스마스 인사를 했는데 헛소리라뇨, 삼촌! 설마 진심에서 하신 말은 아니겠죠?"

"진심이야. 메리 크리스마스라니! 네 녀석이 무슨 권리로 즐거워? 무슨 이유로 즐거운 게야? 그만하면 넌 가난한 거 아니냐?"

"그러면 삼촌은 무슨 권리로 우울하신 거예요? 무슨 이유로

침울하신 거예요? 삼촌은 그만하면 부자잖아요." 조카가 쾌활하게 대꾸했다.

스크루지는 그 순간 마땅한 대답이 떠오르지 않자 또 한 번 "흥!" 하더니 "헛소리!"라고 내뱉었다.

"화내지 마세요, 삼촌."

"그럼 달리 어쩌겠느냐, 이렇게 바보들의 세상에서 살고 있는데? 메리 크리스마스라고? 빌어먹을 메리 크리스마스! 크리스마스가 너한테 어떤 때냐? 돈은 없는데 청구서 날아온 돈은 지불해야지, 나이는 한 살 더 먹는데 요만큼도 더 부자는 되지 않지, 장부를 펼쳐 놓고 결산을 하려고 들여다보면 일 년 열두 달 적자 아닌 항목이 없지, 내 맘 같아서는……." 스크루지가 잔뜩 성이 나서 말을 이었다. "'메리 크리스마스'라고 지껄이고 다니는 바보 녀석들은 모조리 제가 먹을 푸딩 만들 때 같이 삶아서 심장에 호랑가시나무* 말뚝을 박아 묻어버렸으면 좋겠어. 암, 그렇게 해야 해!"

"삼촌, 제발!" 조카가 사정했다.

....
* 잎이 길쭉하고 두꺼운 육각형이며 붉은 열매가 열리는 나무. 크리스마스 때 장식용 나무로 쓰이고, 사람들이 먹는 푸딩에도 꽂는다.

"얘야!" 삼촌이 엄한 목소리로 말을 막았다. "너는 네 식대로 크리스마스를 쇠라. 나는 내 식대로 쇨 테니."

"쇤다고요?" 조카가 말끝을 잡았다. "삼촌은 크리스마스를 쇠지 않으시잖아요!"

"그러니 날 그냥 내버려둬. 너나 많이 크리스마스 덕을 보려무나! 지금까지 실컷 그랬듯이 말이야!"

"지금껏 저는 이득을 볼 수 있는데도 그렇게 하지 않은 일이 많았어요. 감히 말씀드리자면요, 크리스마스도 그중 하나이고요. 확실한 건, 저는 크리스마스가 다가오면 성스러운 그 이름과 유래가 일으키는 존경심과 별개로, 물론 크리스마스에 속하는 것들을 크리스마스와 따로 떼어놓을 수 있는지는 모르겠지만요, 크리스마스를 항상 좋은 때로 생각했어요. 서로 친절히 대하고 용서하고 자선을 베푸는 유쾌한 시간으로요. 제가 알기로 길고 긴 일 년 중 유일하게 남녀 모든 사람이 한 마음이 되어 닫힌 마음을 활짝 열고 자기보다 못한 사람들을 정말 자신과 무덤까지 같이 갈 승객으로 여기는 때가 크리스마스예요. 다른 여행을 떠나는 다른 종족으로 여기는 게 아니고요. 그러니 삼촌, 크리스마스가 제 주머니에 금 한 조각, 은 한 조각 넣어준 적이 없지만, 저는 크리스마스 덕을 보았고 앞으로도 그럴 거라고 믿어요. 그러니 크리스마스여 영원하라!"

골방에 있는 직원이 자기도 모르게 박수를 쳤다. 그러나 얼른 자신의 그런 행동이 적절하지 못했음을 깨닫고 괜스레 불을 쑤시더니 마지막 남은 작은 불씨마저 꺼뜨리고 말았다.

"어디 한 번 더 해보게. 그랬다간 실업자 신세로 크리스마스를 보내게 될 테니!" 스크루지가 조카 쪽을 돌아보며 덧붙였다. "아주 말씀을 잘 하시는군요, 나리. 왜 의원이 되어 의회로 가지 않으시는지 모르겠군."

"화 푸세요, 삼촌. 참! 내일 저희 집에 저녁 드시러 오세요."

스크루지는 그럴 바엔 차라리 ……에서 너를 보겠다고 말했다.* 정말 그렇게 말했다. 그 표현을 조금도 얼버무리지 않고 모두 다 그대로 했다. 그럴 바엔 먼저 조카를 그 끔찍한 곳에서 보겠다고 한 것이다.

"왜 그러시는데요? 왜요?" 조카가 목소리를 높였다.

"결혼은 왜 했냐?" 스크루지가 물었다.

"사랑에 빠졌으니까요."

"사랑에 빠졌으니까!" 스크루지는 세상에서 메리 크리스마

....
* 여기서 말줄임표(……)는 '지옥'을 생략한 것이다.

스보다 더 우스운 게 있다면 바로 그 말이라는 듯 으르렁거렸다. "잘 가거라!"

"그러지 마세요, 삼촌. 삼촌은 제가 결혼하기 전에도 한 번도 오지 않으셨잖아요. 그런데 왜 지금 결혼 핑계를 대면서 안 오신다는 거죠?"

"잘 가거라."

"저는 삼촌에게 바라는 게 없어요. 아무것도 요구하지 않아요. 그런데 왜 우린 친구처럼 지낼 수 없는 거죠?"

"잘 가거라."

"삼촌이 그렇게 완고하시니 참으로 유감이에요. 지금까지 제가 삼촌에게 맞서서 다툰 적이 한 번도 없었을 거예요. 하지만 이번에는 크리스마스를 존중하는 뜻에서 삼촌에게 맞서본 거고, 전 끝까지 크리스마스의 좋은 기분을 간직할 거예요. 그러니 메리 크리스마스, 삼촌!"

"잘 가거라."

"새해 복 많이 받으시고요!"

"잘 가래도!"

조카는 그럼에도 성내는 말 한마디 없이 방을 나갔다. 조카는 바깥문에서 멈춰 서서 직원에게 크리스마스 인사를 건넸다. 정중하게 인사를 되돌려주는 것을 보니 직원은 몸은 얼어 붙었어도 마음은 스크루지보다 따뜻한 사람이었다.

"저기 또 하나 있었군." 직원이 인사하는 소리를 듣더니 스 크루지가 중얼거렸다. "한심한 녀석, 일주일에 십오 실링밖에 못 벌면서 처자식까지 딸려서는 메리 크리스마스를 떠들다니. 내가 베들럼*에 들어가든지 해야지 원."

그 정신 나간 직원이 스크루지의 조카를 내보내고 다른 두 사람을 맞아들였다. 몸집이 둥글둥글한 신사들이었다. 인상이 좋은 두 사람이 어느새 모자를 벗고 스크루지의 사무실에 들 어와 서 있었다. 두 사람은 장부와 서류를 손에 든 채 스크루 지에게 고개 숙여 인사했다.

"여기가 스크루지와 말리 사무소 맞지요?" 신사 하나가 명 단을 들여다보며 말했다. "스크루지 씨 아니면 말리 씨와 얘기 좀 나눌 수 있을까요?"

"말리는 칠년 전에 죽었소. 칠년 전 바로 오늘 밤에 죽었 지." 스크루지가 대답했다.

"저희는 그분의 관대함을 아직 살아계신 동업자께서 대신

....
* 런던에 있는 정신병원.

보여주시리라 믿어 의심치 않습니다." 신사가 신임장을 내보이며 말했다.

맞는 말이었다. 스크루지와 말리는 서로 아주 똑같은 사람이었으니까. '관대함'이라는 좋지 않은 예감의 단어에 스크루지는 눈썹을 찌푸리더니 고개를 흔들며 신임장을 돌려주었다.

신사가 펜을 들며 말했다.

"일 년 중 이처럼 흥겨운 때에 말입니다, 스크루지 씨. 가난하고 가진 것 없는 이들에게 조금이라도 베푸는 것은 아주 가치 있는 일입니다. 그들은 지금 크나큰 고통을 겪고 있습니다. 수천 명이 생필품도 없이 지내고 있어요. 수십만 명이 평범한 주거시설도 누리지 못하고 있습니다, 선생님."

"감옥이 없는 거요?"* 스크루지가 물었다.

"감옥이야 많지요." 신사가 펜을 내려놓으며 말했다.

"구빈원†은? 구빈원은 여전히 운영되고 있소?"

"예, 여전히. 그렇지 않다고 말씀드릴 수 있으면 좋겠지만

....

* 과거 영국에서는 빚을 갚지 못하는 채무자를 감옥에 가두었다.

† 17세기 영국에 설립된 강제노역소로, 생활능력이 없는 빈민을 수용하여 숙식을 제공하는 대가로 일을 시켰다.

요.”

“그러면 발로 밟아서 돌리는 바퀴*하고 빈민구제법도 잘 돌아가고 있는 거요?”

“둘 다 아주 바쁘게 돌아가고 있습니다, 선생님.”

“아, 그렇소! 선생이 처음 한 말을 듣고는 무슨 일이 생겨서 둘 다 제 구실을 못 하는 줄 알았소. 아니라니 아주 다행이오.”

“그런 곳은 많은 이들의 몸과 마음에 기독교인으로서의 행복과 자부심을 심어주지 못 하는 것 같습니다. 그래서 저희 몇이 가난한 이들에게 고기와 마실 것, 땔감이라도 조금 사주려고 모금하고 있습니다. 우리가 이때를 고른 것은 지금이 모든 이에게 결핍은 더욱 뼈저리게 느껴지고 풍요로움은 더욱 기쁘게 느껴지는 때이기 때문입니다. 뭐라고 적어드릴까요?”

“아무것도!”

“익명으로 하기를 원하십니까?”

“날 그냥 내버려두면 좋겠소. 내가 원하는 게 무엇인지 물

---

* 트레드밀(Treadmill). 사람이 물레방아처럼 생긴 바퀴를 밟아 돌려 거기서 발생한 동력으로 곡식을 찧거나 물을 퍼 올리는 데 사용되는 기구. 애초 감옥에서 죄수들의 노동력을 이용할 목적으로 고안되었으나 구빈원에서도 쓰였다.

으니 하는 말이오, 신사양반. 이게 내 대답이오. 나는 크리스
마스를 즐겁게 보내지도 않고, 게으른 사람들을 즐겁게 해줄
여력도 없소. 나는 아까 말한 시설들을 지원하는 일에 도움을
주고 있소. 돈이 적잖이 들지. 그러니 형편이 아주 좋지 않은
사람들은 거기에 가야지."

"거기에 갈 수 없는 사람도 많습니다. 거기에 가느니 차라
리 죽겠다는 사람도 많고요."

"차라리 죽겠다면 그러는 게 나을 거요. 잉여인구가 줄기라
도 할 테지. 게다가, 미안한데, 그런 건 난 모르는 일이요."

"아니, 아실 텐데요."

"그런 건 내 일이 아니오. 사람이 자기 일이나 잘 알고 하면
됐지, 남의 일에 참견할 것 있나. 나는 내 일만으로도 머릿속
이 복잡하오. 잘 가시오, 신사 양반들!"

계속 얘기해봤자 소용없을 게 분명하자 두 신사는 물러갔
다. 의기양양해진 스크루지는 평소와 달리 조금은 들뜬 기분
으로 다시 일을 시작했다.

안개와 어둠이 더욱 짙어졌다. 마차를 끄는 말 앞에서 홰꾼
들이 너울너울 타오르는 횃불을 들고 길을 밝히느라 분주하게
달리고 있었다. 교회의 오래된 탑도 보이지 않았다. 불퉁거리

는 소리를 내는 낡은 종은 벽에 난 고딕식 창으로 언제나 스크루지를 음흉하게 훔쳐보더니 지금은 구름 속에 숨어 십오 분마다 소리로 시간을 알려주고 있었다. 그럴 때마다 한동안 전해지는 종소리의 떨림이 마치 저 꼭대기에 걸린 얼어붙은 머리에서 이빨이 딱딱 마주치는 소리 같았다. 추위가 더 심해졌다. 거리의 한 모퉁이에서는 인부들이 가스관을 고치고 있었다. 인부들이 큰 통 안에 피워 놓은 불이 활활 타고 있는데 누추한 차림의 남자와 사내아이들이 그 주위에 모여 있었다. 그들은 언 손을 불에 녹이면서 황홀한 얼굴을 하고 눈을 껌벅거렸다. 외로이 서 있는 소화전은 흘러넘친 물이 마치 토라진 듯얼어붙어 외톨박이 얼음덩어리가 되어버렸다. 가게마다 호랑가시나무의 가지와 열매가 창가에 놓인 램프의 열을 받아 타닥타닥 소리를 냈다. 지나가는 사람들의 창백한 얼굴이 가게들에서 뿜어져 나오는 밝은 빛을 받아 발그레해졌다. 거위나 칠면조 따위를 파는 가게나 식료품 가게를 보노라면 웃음이 터질 지경이었다. 그저 덤덤히 물건을 사고파는 곳이라고는 믿기 힘들 정도로 흥겨운 야외극이 펼쳐지고 있기 때문이었다. 성채 같은 관저에 사는 시장은 쉰 명이나 되는 요리사와집사들에게 크리스마스를 시장의 체면에 걸맞게 쇨 수 있도록 준비하라고 분부했다. 지난 월요일 거리에서 술에 취해 주먹을 휘두른 죄로 오 실링의 벌금을 물게 된 재봉사조차도 다락방에서 내일 먹을 푸딩을 만들기 위해 재료를 저으며 반죽하고 있었다. 야윈 아내도 아기를 데리고 들뜬 마음으로 쇠고기를 사러 간 참이었다.

안개가 더욱 짙어지고 날씨도 더 추워졌다! 온몸을 꿰뚫고 헤집고 에는 듯한 추위였다. 만일 성 던스턴*이 손에 익은 무기 대신 이런 날씨 같은 손길로 악령의 코를 잡고 비틀었다면 정말이지 그는 의도한 목적을 곧바로 충분히 달성할 수 있었을 것이었다. 개에게 갉힌 뼈다귀처럼 굶주린 추위에 갉히고 잘근잘근 씹힌, 조그마한 어린 코의 주인이 스크루지의 사무소 문 앞에서 몸을 수그리고 열쇠구멍 가까이에 입을 댔다. 크리스마스 캐럴을 불러서 그 안에 있는 사람을 즐겁게 해주려는 것이었다.

하느님이 축복하시길, 즐거운 신사여!

....
* Saint Dunstan(924~988). 영국의 수도사. 금세공인의 수호성인. 빨갛게 달군 집게로 코를 잡고 비틀어 악마를 혼내줬다는 전설의 주인공이다.

모든 근심걱정이 사라지기를!

그러나 이렇게 첫 소절을 떼자마자 스크루지가 우악스럽게 자를 움켜쥐었고, 노래의 주인공은 겁에 질려 펄쩍 뛰어 달아났다. 열쇠구멍은 안개에, 또 그것에 더 잘 맞는 서리에 맡겨 둔 채로.

마침내 회계사무소 문을 닫을 시간이 됐다. 스크루지는 부루퉁한 표정으로 걸상에서 일어남으로써 그런 사실을 골방에서 이제나 저제나 기다리고 있는 직원에게 말없이 알렸다. 직원은 얼른 촛불을 손가락으로 눌러 끄고 모자를 썼다.

"내일은 하루 종일 쉬고 싶겠지, 그렇지?"

"그래도 괜찮으시다면요, 사장님."

"괜찮지 않아. 그리고 공평하지도 않지. 자네가 하루 쉰다고 내가 반 크라운을 지급하지 않으면 자네는 심한 처사라고 생각하겠지, 안 그래?"

직원이 어정쩡하게 웃었다.

"하지만, 자네가 일을 하지 않아도 내가 하루치 일당을 주면 자네는 내가 손해라고 생각하지 않겠지."

직원은 일 년에 딱 한 번뿐이지 않느냐고 말했다.

"한 해도 빠짐없이 십이 월 이십오 일에 한 사람의 주머니를 털어가는 것에 대한 변명치곤 궁색하군!" 스크루지는 길고 두툼한 외투 앞자락의 단추를 턱밑까지 잠그며 말했다. "어쨌든 자네는 하루를 다 쉬어야겠지. 대신 모레 아침에는 훨씬 일찍 나오게!"

직원은 그러겠다고 약속했다. 스크루지가 투덜대며 밖으로 나갔다. 순식간에 사무소 문이 닫혔다. 직원은 흰 목도리를 기다랗게 허리 아래까지 늘어뜨리고(그에게는 입고 뽐낼 만한 길고 두툼한 외투가 없었다) 콘힐에 가서는, 길게 늘어선 사내아이들 뒤에 줄을 서서 기다리다가 크리스마스이브를 기념하는 미끄럼을 스무 번 탔다. 그러고는 까막잡기*를 하려고 캠던 타운에 있는 집으로 쏜살같이 내달렸다.

스크루지는 여느 때처럼 울적한 분위기의 선술집에서 울적하게 저녁식사를 하고 신문이란 신문은 죄다 읽은 뒤 장부를 뒤적이면서 남은 저녁시간을 보내다가 잠을 자러 집으로 갔다. 스크루지는 고인이 된 동업자가 한때 소유했던 집에서

....

* 술래가 눈가리개로 눈을 가린 채 다른 사람을 붙잡고 누구인지를 알아맞히는 놀이.

살고 있었다. 그 어두컴컴한 집은 사방이 막힌 공터의 한쪽에 야트막하게 지어진 건물 안에 있었다. 공터는 건물이 있을 만한 곳이 아니어서 누구든 거기를 보면 그 건물이 어린 집이었을 때 다른 어린 집들과 숨바꼭질을 하다가 거기에 들어와서는 나가는 길을 잃어버린 모양이라고 생각하지 않을 수 없었다. 그 건물은 이제 낡을 대로 낡았고, 스크루지 말고는 사는 사람이 없었으며, 다른 칸들은 모두 사무실로 세를 놓은 상태여서 음침했다. 공터가 너무 어두워 거기에 있는 돌 하나까지 알고 있는 스크루지도 당연히 그래야 하는 듯이 손을 더듬거렸다. 안개와 서리가 낡고 검은 대문에 짙게 드리운 탓에 마치 날씨의 정령이 문간에 앉아 슬픈 사색에 잠겨 있는 것 같았다.

그리고, 이건 사실 그대로 말하는 건데, 문 두드리는 쇠고리는 아주 크다는 점 말고는 전혀 특별할 게 없었다. 이것도 역시 사실인데, 스크루지는 거기에서 살기 시작한 뒤로 언제나 아침저녁으로 그 쇠고리를 보아왔다. 또 스크루지는 여느 런던 시민, 좀 과감하게 말하자면 시장, 시의원, 동업조합원 할 것 없이 모든 런던 시민이 다 그렇듯이 도무지 상상력이라고는 없었다. 또한 염두에 둘 것은 칠 년 전에 죽은 동업자 말리를 그날 오후 입에 올리고 나서는 단 한 순간도 그를 생각하지 않았다는 점이다. 그러니 누구든 설명할 수 있거든 나한테 설명 좀 해주시오. 스크루지가 자물쇠에 열쇠를 꽂아 넣었을 때 쇠고리가 아무런 중간과정 없이 불쑥 말리의 얼굴로 변해버린 까닭을.

말리의 얼굴, 그것은 마당에 있는 다른 물체들처럼 칠흑 같은 어둠 속에 숨어 있지 않았다. 어두컴컴한 식품저장실에 있는 상한 바다가재처럼 음산한 빛을 뿜고 있었다. 성이 나 있거나 사나운 얼굴은 아니었다. 말리가 유령 같은 이마에 유령 같은 안경을 걸친 채로 예전에 스크루지를 바라보던 표정 그대로 스크루지를 바라보고 있었다. 신기하게도 머리카락은 바람이나 뜨거운 공기를 받는 듯이 흩날렸고, 눈은 부릅떴지만 전혀 움직이지 않았다. 그 모습이, 그 검푸른 색깔이 무서움을 자아냈다. 그러나 일부러 무서운 표정을 짓는다기보다 자기도 모르게 어쩔 수 없이 그런 분위기를 만들어내는 것 같았다.

스크루지가 그 모습을 꼼짝 않고 바라보고 있다 보니 그것은 다시 쇠고리가 됐다.

스크루지가 놀라지 않았다거나, 스크루지의 피는 무서움이란 것을 모르며 스크루지에게 공포란 아주 어렸을 적부터 낯선 감정이었다고 한다면 거짓말일 것이다. 그러나 스크루지는 떨구었던 손을 들어 올려 힘껏 열쇠를 돌리고 안으로 걸어 들어가 초에 불을 붙였다.

스크루지는 문을 닫기 전에 잠깐 머뭇하며 멈춰 섰다. 그러고는 우선 조심스럽게 문 뒤쪽을 들여다봤다. 말리의 땋아 내린 머리꽁지가 문 안쪽으로 불쑥 튀어나와 있는 무시무시한 광경을 기대하기라도 한 듯이. 그러나 문 뒤에는 쇠고리를 고정시키는 나사와 너트 외에는 아무것도 없었다. 그러자 스크루지는 "흥, 쳇!" 하며 꽝 하고 소리 나게 문을 닫았다.

문 닫는 소리가 천둥처럼 온 집안을 울렸다. 위층에 있는 방전부와 아래층에 있는 포도주 상인의 지하창고에 들어있는 통 하나하나가 저마다 커다란 메아리를 돌려보내는 것 같았다. 스크루지는 메아리 따위에 놀랄 사람이 아니다. 그는 문을 잠그고 거실을 가로지른 뒤 계단을 올라갔다. 그것도 천천히. 올라가면서 촛불 심지도 다듬었다.

여러분은 막연히, 어떤 괜찮은 오래된 계단을 보고 '말 여섯 필이 끄는 마차도 올라가겠다'고 말하거나, 의회에서 제정된 어떤 시원찮은 법률에 대해 '큰 구멍이 뚫려 있어 말 여섯 필이 끄는 마차도 지나가겠다'고 말할는지 모르겠다. 그러나 내가 하고자 하는 말은 분명히, 그 계단이 영구마차 한 칸을 옮길 수 있을 정도로 넓었다는 것이다. 영구마차를 가로로 놓더라도, 그러니까 앞부분의 가로막대가 벽 쪽, 뒷문이 난간 쪽을 각각 향하도록 놓더라도 그 영구마차가 쉽게 지나갈 수 있을 정도였다. 계단은 그렇게 충분히 폭이 넓어 여유가 있었다. 그래서 아마도 스크루지는 영구용 자동차가 어둠을 뚫고 자기 앞을 지나가는 걸 보았다고 생각했을 것이다. 거리에서 가스등을 여섯 개나 뽑아온대도 계단을 충분히 밝히기는 힘들 정도였으니, 여러분은 스크루지의 촛불만 빛나는 그곳이 아주 어두웠음을 짐작하리라.

스크루지는 아주 어둡다는 사실에 눈곱만큼도 마음 쓰지 않고 위로 올라갔다. 어둠 속에 있는 것은 싸게 먹히고, 스크루지는 그게 좋았다. 그러나 육중한 문을 닫기 전에 모든 게 이상이 없는지를 살피려고 이 방 저 방을 돌아다녔다. 말리의 얼굴이 아직 생생한 마당에 그러지 않을 수 없었다.

거실, 침실, 잡동사니방 모두 있어야 할 그대로 있었다. 탁자 밑에 아무도 없었다. 소파 밑에도 아무도 없었다. 난로 안에서는 불이 자그맣게 타고 있었고, 숟가락과 그릇도 준비되어 있었다. 귀리죽(스크루지는 코감기에 걸려 있었다)이 담긴 작은 냄비는 난로의 요리용 철판에 얹혀 있었다. 침대 밑에 아무도 없었다. 벽장 안에 아무도 없었다. 벽에 수상쩍게 걸려 있는 잠옷 안에도 사람은 없었다. 잡동사니방도 보통 때와 같았다. 난로 앞에 치는 낡은 철망, 낡은 신발, 낚시 바구니 두 개, 삼발이 세면대, 그리고 부지깽이 하나.

아주 만족한 스크루지는 문을 닫고, 빗장을 걸고, 잠갔다. 평소와 달리 이중으로 잠갔다. 갑자기 놀라는 일이 없도록 그렇게 단속을 한 다음 목에 두른 크라바트*를 풀었다. 잠옷을 입고, 슬리퍼를 신고, 취침용 모자를 썼다. 그리고 죽을 먹으려고 난로 앞에 다가가 앉았다.

불은 정말이지 약했다. 이렇게 추운 밤에는 아무런 효과가 없을 정도로. 스크루지는 가까이 다가앉아 불 위에 웅크리다시피 하지 않을 수 없었다. 그렇게 해야 한 줌밖에 안 되는 연료에서 아주 적은 온기나마 얻을 수 있었다. 낡은 벽난로는 오래전 네덜란드 상인이 만든 것인데 성서에 나오는 장면이 그려진 독특한 네덜란드 타일로 뒤덮여 있었다. 타일에는 카인, 아벨, 파라오의 딸, 시바의 여왕, 깃털침대처럼 생긴 구름

....
* 목에 감는 장식 끈. 오늘날 넥타이의 원형.

에 내려앉는 천사, 아브라함, 벨샤자르, 버터그릇처럼 생긴 작은 배를 타고 바다로 나가는 사도 등 수백 가지 형상이 그려져 있어 스크루지의 생각을 잡아끌었다. 그럼에도 칠 년 전에 죽은 말리의 얼굴이 다가와 고대 예언자의 지팡이*처럼 그 모든 것을 삼켜버렸다. 애초에 그 매끈한 타일에 아무 그림도 그려져 있지 않았는데, 스크루지가 자기 머리에서 나온 생각의 파편들로 거기에 그림을 그릴 능력이 있었다면 하나같이 말리의 머리가 그려졌을 것이다.

"망상이지!" 스크루지는 이렇게 말하고 방 저쪽으로 걸어갔다.

몇 번을 왔다 갔다 하던 스크루지가 다시 앉았다. 그가 의자에 앉아 고개를 뒤로 젖히자 우연히 눈길이 방에 매달린, 사용되지 않는 종에 가 닿았다. 그 종은 무슨 목적을 위해서였는지는 잊혔으나 그 건물의 제일 꼭대기 층에 있는 방과 연락을 하기 위한 종이었다. 그런데 바라보고 있으려니 그 종이 흔들리기 시작하는 것이었다. 스크루지는 소스라치게 놀랐다. 낯설

....

* 《출애굽기》에 나오는 아론은 이집트의 왕에게 기적을 보이려고 지팡이를 던져 뱀으로 만들었다. 파라오의 술사들도 뒤따라 지팡이로 뱀을 만들자 아론의 지팡이가 그것들을 삼켜버렸다.

고 설명할 수 없는 공포가 밀려왔다. 처음에는 종이 아주 부드럽게 흔들려 소리가 거의 나지 않았다. 그러나 곧 요란하게 울리기 시작했고, 집에 있는 다른 종들도 모두 가세했다.

삼십 초 아니면 일 분쯤이었을 것이다. 그러나 마치 한 시간이 지난 것 같았다. 종들이 울리기 시작했을 때처럼 다 같이 울리기를 멈췄다. 그러더니 저 아래에서 쩔겅쩔겅 하는 소리가 들려왔다. 마치 누군가가 포도주 상인의 저장실에서 포도주통 위로 무거운 사슬을 끄는 것 같았다. 그러자 스크루지는 유령이 나오는 집에서는 유령이 사슬을 끌고 다닌다는 이야기를 들은 기억이 났다.

쿵 울리는 소리가 나며 저장실 문이 활짝 열렸다. 그러고 나서 그 쩔겅거리는 소리가 훨씬 크게 들리더니 아래층 마루를 지나고 계단을 올라와 스크루지 방문 앞으로 곧장 다가왔다.

"그래봐야 허튼수작이야! 난 유령이 있다고 믿지 않을 거야."

그럼에도 그것이 잠깐도 멈추지 않고 육중한 문을 통과해 방 안으로 들어와 눈앞에 나타나자 스크루지의 얼굴색이 변했다. 그것이 들어오자 사그라지던 불이 마치 "난 저게 누군지 알아! 말리의 유령이야!"라고 외치듯 솟아올랐다가 다시 작아졌다.

영락없는 그 얼굴이었다. 바로 그 얼굴이었다. 머리를 땋아
내리고, 늘 입던 조끼와 쫄바지를 입고, 늘 신던 부츠를 신은
말리. 부츠에 달린 술이 머리꽁지와 마찬가지로 빳빳이 서 있
었다. 코트 자락도, 머리털도 똑같이 서 있었다. 말리가 끄는
사슬은 허리 주위에 채워져 있었다. 그것은 긴데다가 꼬리처
럼 말리를 감고 있었다. 그리고 (스크루지가 자세히 들여다보
니) 금고, 열쇠, 맹꽁이자물쇠, 장부, 증서, 강철로 만든 묵직
한 지갑 따위가 거기에 매달려 있었다. 말리의 몸은 투명했다.
그래서 스크루지의 시선이 조끼를 투과했고, 그렇게 보니 조
끼 너머로 코트 뒷자락에 달린 단추 두 개까지 보였다.

스크루지는 사람들이 말리더러 "창자가 없다"*고 하는 말을
곧잘 들었는데, 이날 이때까지는 그 말을 믿지 않았다.

아니, 지금도 믿을 수 없었다. 자기 앞의 유령을 속속들이
들여다보고, 또 그것이 버젓이 자기 앞에 서 있는 것을 보고
있었지만, 차갑게 식어버린 그것의 눈을 보면서 몸이 오싹했

....
* 옛날에는 신체의 각 부분에 서로 다른 특정한 감정들이 자리 잡고 있다고 사람
  들이 믿었다. 창자는 동정심의 자리로 여겨졌다.

35

지만, 그리고 유령의 머리와 턱을 동여매고 있는, 예전에는 본 적이 없는 붕대의 질감마저 눈에 들어왔지만, 스크루지는 여전히 의심스러워 자신의 감각을 믿지 않으려 했다.

"뭐야?" 스크루지는 언제나처럼 비꼬듯 차갑게 말했다. "나한테서 뭘 원하는 거야?"

"많은 것을!" 말리의 목소리였다. 틀림없었다.

"넌 누구냐?"

"누구였냐고 물어보게."

"좋아, 넌 누구였지?" 스크루지가 목소리를 높였다. "유령치고는 까다롭군." 스크루지는 '별것 아닌 것 같고'라고 말하려다가 '유령치고는'이라고 말하는 게 좀 더 적절할 것 같아 표현을 바꾸었다.

"살아서 난 자네 동업자였지, 제이컵 말리."

"저기 저, 앉을 수는 있나?" 스크루지는 미심쩍게 유령을 바라보며 물었다.

"있지."

"앉게, 그럼."

스크루지가 그런 질문을 한 것은 그렇게 속이 훤히 들여다보이는 유령이 자리에 앉을 수 있는지 어떤지를 모르기 때문이었다. 만일 자리에 앉는 게 불가능하다면 유령이 구차한 설명을 늘어놓을지도 몰랐다. 그러나 유령은 벽난로 맞은편에 아주 익숙하다는 듯이 앉았다.

유령이 말했다. "내 존재를 못 믿는군."

"그래."

"자네의 감각이라는 증거 말고 내 존재를 증명할 다른 어떤 증거가 있을 수 있지?"

"모르겠네."

"왜 자네는 자기 감각을 의심하는가?"

"왜냐면, 아주 작은 일도 감각에 영향을 미치니까. 위에 살짝 탈이 나도 감각은 엉터리가 되지. 자네는 소화되지 않은 쇠고기 조각일지도 모르고 겨자 소스, 치즈 부스러기, 설익은 감자 조각일지도 모르지. 자네가 뭐든 자네에게선 무덤 냄새보다 고기국물 냄새가 더 나는군!*"

스크루지는 농담을 그다지 즐기는 편이 아니었고, 그 순간에도 속으로는 전혀 익살을 떨 기분이 아니었다. 사실 스크루

....

* '무덤'은 grave, '고기국물'은 gravy의 번역이다. 여기서 스크루지는 비슷한 단어로 말장난을 한 것이다.

지는 스스로 주의를 딴 데로 돌리고 두려움을 가라앉히려고 재치를 부려본 것이었다. 유령의 목소리가 뼛속까지 무섭게 파고들었기 때문이었다.

지옥의 분위기를 풍기는 유령의 형상에도 아주 무시무시한 구석이 있었다. 스크루지는 느끼지 못했지만 이건 분명한 사실이었다. 유령이 아무런 움직임 없이 앉아 있는데도 머리카락과 코트 자락, 부츠의 술이 화덕에서 나오는 뜨거운 김을 쐬어 그러는 것처럼 나부끼고 있었던 것이다.

얼어붙은 듯 아무 표정도 없는 눈을 잠자코 앉아 바라보고만 있다가는 무너져 내릴 것만 같아서 스크루지는 얼른 말을 이어나갔다.

"이 이쑤시개 보이나?" 그러면서 일 초라도 좋으니 이 환영의 차디찬 눈길이 자기에게서 떨어지기를 바랐다.

유령이 대답했다. "보이네."

"안 보고 있잖나."

"하지만 보여. 어찌 됐든."

"그래? 그게 사실이라면 난 이걸 삼켜버리고 남은 평생 내가 만들어낸 도깨비 떼에게 시달리며 사는 수밖에 없겠군. 허튼수작이야, 이건 허튼수작이라고!"

그러자 유령이 무시무시한 소리를 질렀다. 그러고는 사슬을 흔들어대는데 어찌나 끔찍하고 소름끼치는 소리가 나던지 스크루지는 정신을 잃고 쓰러지지 않으려고 의자를 꽉 붙잡았다. 그런 터에 또 얼마나 놀랐던지, 유령이 실내에서 두르고 있기에는 너무 덥다는 듯이 머리를 감싼 붕대*를 풀자 유령의 가슴 위로 아래턱이 툭 떨어졌으니!

스크루지는 털썩 무릎을 꿇고 얼굴 앞에 두 손을 모아 쥐었다.

"오, 제발! 무시무시한 유령이여, 왜 나를 괴롭히는가?"

"지극히 세속적인 인간 같으니! 내 존재를 믿는 건가, 안 믿는 건가?"

"믿네. 믿어야만 하겠지. 그런데 왜 유령들이 이승을 돌아다니는 건가, 왜 내게 오는 건가?"

"모든 사람이 반드시 해야 할 일이 있네. 자기 안에 있는 영혼으로 하여금 다른 이들과 어울리고 널리 여행하게 하는 것이지. 영혼이 생전에 여행을 떠나지 않으면 죽어서라도 그렇

....
* 사람의 시신을 수습할 때 입이 벌려져 섬뜩한 표정이 지어지지 않도록 붕대로 턱과 머리를 동여맨다.

게 해야 하네. 세상을 떠돌아다니면서. 아, 슬프다! 지금은 그렇게 하며 같이 나눌 수 없는 것들을 지켜봐야만 한다네. 살아있다면 같이 나눌 수 있고 행복한 결말로 바꿀 수 있는 것들을 말일세!"

유령이 다시 한 번 비명을 질렀다. 그리고 사슬을 흔들며 그림자 같은 두 손을 꽉 맞잡았다.

"자넨 묶여있군. 왜 그리 된 건가?" 스크루지가 덜덜 떨며 물었다.

"내가 생전에 만든 사슬을 차고 있네. 내가 하나하나 고리를 만들고 일 미터 일 미터 늘여나갔지. 내 자유의지로 동여맸고, 내 자유의지로 둘러찼지. 이 모양이 자네한테 이상하게 보이나?"

스크루지는 점점 더 심하게 떨었다.

유령은 계속하여 말했다. "자네는 아나? 자네가 둘둘 말고 있는 튼튼한 쇠줄이 얼마나 무겁고 긴지를? 자네의 쇠줄은 칠 년 전 크리스마스이브에 이미 내 것만큼 무겁고 길었지. 자네는 그 뒤로도 그것을 계속 늘여왔지. 이젠 아주 거대하구먼!"

스크루지는 쉰 길이나 예순 길쯤 되는 쇠줄이 자기를 감싸고 있는지를 보려고 주변 바닥을 살펴보았다. 그러나 아무것도 보이지 않았다.

스크루지가 애원했다. "제이컵. 내 친구 제이컵 말리, 말을 더 해주게. 나를 위로해줄 말은 없나, 제이컵?"

"난 그렇게 할 수 없네. 그런 말은 다른 세계에서 오는 걸세, 에버니저 스크루지. 그건 다른 전령들이 자네와는 다른 종류의 사람들에게 전하는 것이지. 내가 뭘 할 건지도 말할 수 없네. 뭐를 해도 아주 조금만 더 할 수 있는 게 내게 허락된 것 전부일세. 나는 어디에서든 쉴 수도, 머물 수도, 지체할 수도 없네. 내 영혼은 우리의 회계사무소를 벗어난 적이 없었지. 내 말 잘 듣게! 생전에 내 영혼은 돈을 거래하는 우리의 구멍가게, 그 좁은 범위에서 한 번도 떠나보지 못했어. 그래서 지긋지긋한 여행이 계속 내 앞에 놓여 있게 된 거야!"

생각에 잠길 때면 손을 바지 주머니에 찔러 넣고 있는 것이 스크루지의 버릇이었다. 스크루지는 유령이 한 말을 곰곰 생각하면서 지금 그러고 있었다. 눈을 들지도 않고, 무릎을 펴고 일어나지도 않은 채로.

"자네는 그걸 느리게 했던 게 틀림없군, 제이컵." 스크루지는 겸손하고 정중함을 잃지 않으면서도 사무적으로 말했다.

"느리게!" 유령이 따라 말했다.

"자네는 칠 년 전에 죽었지 않은가. 그런데 지금까지 내내 여행을 했다니 말일세!" 스크루지가 생각에 잠긴 채 말했다.

"지금까지 쭉. 안식도 평화도 없이. 후회가 가하는 끊임없는 고문이었지."

"빠르게 돌아다니나?"

"바람을 타고 날듯이."

"그렇다면 칠 년간 아주 많은 곳을 돌아다녔겠군."

유령은 이 말을 듣고 또다시 비명을 질렀다. 완벽한 한밤의 정적 속에서 어찌나 끔찍하게 사슬을 쩔겅거렸는지, 야경꾼이 소란죄로 기소했다 해도 할 말이 없었으리라.

유령이 외쳤다. "오! 갇히고, 묶이고, 사슬로 꽁꽁 묶인 내 신세여. 이 세상이 품고 있는 선한 것들을 다 펼쳐내려면 죽지 않는 불멸의 존재라도 오랜 세월 쉬지 않고 수고를 해야 할 뿐만 아니라 그 수고가 영원히 계속돼야 한다는 것을 차라리 내가 몰랐으면 좋았을 걸. 그리스도인의 영혼이 무엇이든 자신의 작은 분야에서 남들에게 친절한 태도로 일해 봐야 그 죽기 전의 삶이 유한하여 쓰일 곳은 많은데 너무도 짧다는 것을 몰랐으면 좋았을 걸. 한 번뿐인 인생을 허비하고 후회해봐야 되돌릴 수 없다는 것을 몰랐으면 좋았을 걸! 그런데 내가 그랬어! 오! 내가 그랬다고!"

"하지만 자네는 언제나 해야 할 일을 훌륭히 해내는 직업인이었지 않나, 제이컵." 말리가 한 말을 이제 스스로에게 대보기 시작한 스크루지가 더듬거리며 말했다.

"해야 할 일이라고?" 유령은 다시 한 번 두 손을 맞잡으며 외쳤다. "인간을 위하는 일이 내가 해야 할 일이었지, 인간 공동의 행복을 위하는 일이 내가 해야 할 일이었고. 자선, 자비, 관용, 선행이 모두 내가 해야 할 일이었지. 그런데 내가 직업으로 한 일은 내가 해야 할 일이라는 큰 바다 전체에서 단지 물 한 방울에 불과했어!"

유령은 마치 이 소용없는 비탄의 원인이 사슬에 있다는 듯이 팔을 쭉 뻗어 사슬을 높이 들어 올렸다가 바닥에 힘껏 내동댕이쳤다.

유령이 말했다. "쉼 없이 흘러가는 한 해 중 이때가 나는 가장 고통스럽네. 어째서 나는 북적거리는 사람들 사이를 헤집고 걸어갈 때 아래만 바라보았을까? 동방박사들을 누추한 거소로 이끌었던 그 신성한 별을 왜 올려다보지 않았을까? 그 빛이 나를 인도해 갈 가난한 집이 없었단 말인가!"

유령이 계속 이런 식으로 얘기하는 것을 듣고 있으려니 스크루지는 너무 걱정이 되어 몸이 덜덜 떨리기 시작했다.

"내 말 잘 들어! 내게 주어진 시간이 거의 다 됐어." 유령이
소리쳤다.

"그럴게, 하지만 날 너무 몰아치지는 말게. 어려운 얘기는
하지 말아줘, 제이컵! 제발!"

"내가 어떻게 자네가 볼 수 있는 형상으로 자네 앞에 나타
났는지는 말하지 않아도 되겠지. 나는 아주 많은 날들을 자네
옆에 보이지 않는 상태로 앉아 있었네."

그것은 듣기에 썩 유쾌한 얘기는 아니었다. 스크루지는 몸
서리치며 이마에 맺힌 땀을 닦아냈다.

유령의 말이 이어졌다. "그건 내가 하는 속죄 중에서 결코
수월한 부분이 아니야. 내가 오늘 밤 여기에 온 것은 자네에게
아직 나 같은 운명에서 벗어날 기회와 희망이 있다는 걸 알려
주기 위해서야. 내가 주선한 한 번뿐인 기회와 희망이야, 에버
니저."

"자네는 언제나 내게 좋은 친구였지. 고맙네!"

"세 유령이 자네를 찾아올 걸세."

스크루지의 표정이 유령 못지않게 침울해졌다.

"그게 자네가 말한 기회와 희망인가, 제이컵?" 스크루지가

힘없이 멈칫거리며 물었다.

"그렇네."

"나는, 나는 반갑지 않은데."

"그들이 오지 않으면 자네는 내가 밟아온 길을 피할 도리가 없네. 내일 종이 한 시를 울리면 첫 번째 유령이 올 걸세."

"셋을 한꺼번에 맞으면, 그렇게 끝내면 안 될까, 제이컵?" 스크루지가 슬그머니 물었다.

"두 번째 유령은 다음날 밤 같은 시각에 올 걸세. 세 번째는 다시 그 다음날 밤 열두 시를 알리는 마지막 종소리의 떨림이 멈출 때 올 거야. 나는 다시 오지 않을 걸세. 그러니 자네 자신을 위해 우리 사이에 있었던 일을 잊지 말고 기억하게!"

유령은 말을 마치자 탁자 위에서 붕대를 집어 들어 아까처럼 머리에 싸맸다. 붕대에 의해 턱이 다시 맞춰지면서 이가 딱하고 마주치는 소리를 듣고서야 스크루지는 그런 사실을 알았다. 스크루지는 다시금 조심스레 시선을 들어 올렸다. 초자연의 방문객이 사슬을 두른 채 일어나서 자신을 마주보고 있었다.

유령이 스크루지에게서 뒷걸음질했다. 한 걸음 한 걸음 뗄 때마다 창문이 저절로 조금씩 들리더니 유령이 창가에 이르자 활짝 열린 상태가 되었다. 유령이 다가오라고 손짓했고, 스크루지는 그렇게 했다. 둘 사이가 두 발짝 거리로 가까워지자 말리의 유령이 손을 들어 올려 더 가까이 오지 말라고 경고했다. 스크루지가 멈춰 섰다.

유령에게 복종해서라기보다는 놀랍고 두려워서였다. 유령이 손을 들어 올리자 스크루지의 귀에 공중에서 떠도는 이상한 소음이 들렸기 때문이었다. 알아듣기는 어려웠으나 비통함과 후회의 소리였다. 이루 말할 수 없는 슬픔과 자책의 울부짖음이었다. 유령은 잠시 귀를 기울이더니 구슬픈 장송곡을 따라 불렀다. 그러고는 음산하고 캄캄한 밤하늘로 떠올랐다.

스크루지는 호기심을 억누르지 못하고 창가로 다가갔다. 그리고 밖을 내다봤다.

공중에는 잠시도 가만히 있지 못하고 이리저리 왔다 갔다 하며 신음하는 유령들이 가득했다. 유령들은 하나같이 말리의 유령처럼 사슬을 두르고 있었다. 어떤 유령들(죄를 지은 정부 관료 같았다)은 한데 묶여 있었다. 자유로운 유령은 하나도 없었다. 많은 유령이 살아생전 스크루지가 개인적으로 알던 이들이었다. 하얀 조끼를 입고 발목에 별나게 큰 철제 금고를 매단 늙은 유령은 꽤 낯이 익었다. 그 유령은 아래에 내려다보이

47

는 문간에서 젖먹이 아기를 안고 있는 불쌍한 여인을 도와줄 수 없어 측은한 마음에 울부짖고 있었다. 그들 모두가 겪고 있는 불행은 분명히 이것이었다. 인간사에 개입하여 도움을 주고 싶지만 영영 그럴 힘을 잃었다는 것.

그 존재들이 안개 속으로 사라졌는지 안개가 그들을 삼켜버렸는지, 스크루지는 분간할 수 없었다. 그러나 유령들과 그들의 목소리가 함께 사라졌다. 밤은 스크루지가 집으로 돌아왔을 때와 같아졌다.

스크루지는 창문을 닫고 유령이 들어왔던 문을 살펴보았다. 자기 손으로 직접 잠근 대로 이중으로 잠겨 있었다. 빗장도 그대로였다. 스크루지는 "허튼수작!"이라고 말하려고 입을 벙긋했으나, 그 첫 음절만 내뱉고 얼른 다물었다. 방금 겪은 감정 탓인지, 그날 하루 쌓인 피로 탓인지, 보이지 않는 세계를 잠깐 들여다본 탓인지, 단조로운 음색으로 말하는 유령과 대화를 나눈 탓인지, 아니면 시간이 늦은 탓인지 휴식이 간절했다. 스크루지는 옷도 벗지 않고 곧장 침대로 가서 누웠고, 이내 곯아떨어졌다.

제2장

세 유령 중 첫 번째

스크루지가 깨어났을 때는 아주 캄캄한 밤이었다. 침대에 누운 채 바라보니 불투명한 벽과 투명한 창을 분간하기가 어려웠다. 스크루지는 족제비처럼 날카로운 눈으로 어둠을 꿰뚫어 보려고 애썼다. 그때 십오 분마다 울리는 근처 교회의 차임이 네 번 울렸다.* 스크루지는 몇 시가 된 건지 알기 위해 귀를 기울였다.

그런데 아주 놀랍게도, 그 무거운 종이 여섯 시를 알리는가

....
* 이 교회의 시계는 15분에 한 번, 30분에 두 번, 45분에 세 번 차임을 울리고, 이어 정각에 네 번 차임을 울린 다음 몇 시인지를 알리는 종을 친다.

싶더니 일곱 번을 치고 일곱 시를 알리는가 싶더니 여덟 번을 치는 게 아닌가. 그렇게 일정한 간격으로 열두 번을 치고서야 종 치는 소리가 멈췄다. 열두 시! 잠자리에 들 때는 두 시가 지난 시각이었다. 시계가 잘못된 것이다. 고드름이 시계 안으로 들어간 게 틀림없다. 열두 시라니!

스크루지는 저 엉뚱하기 짝이 없는 시계가 잘못됐음을 확인하기 위해 리피터*의 단추를 눌렀다. 빠르고 약한 박동이 열두 번 울리고 멈췄다.

"왜 이래, 이건 가능한 일이 아니야. 내가 하루 종일도 모자라 또 다시 밤이 되도록 잤다는 거야? 태양에 뭔가 이상한 일이 일어났을 리가 없으니, 밤이 아니라 낮 열두 시겠지!"

이런 생각에 놀란 스크루지는 몸을 일으켜 침대에서 내려선 뒤 더듬더듬 창문으로 다가갔다. 밖의 무언가라도 보려니 어쩔 수 없이 잠옷 소매로 성에를 문질러 닦아야 했다. 그러자 아주 조금 밖이 보였다. 그래서 알아낸 것은 안개가 여전히 자욱하고 날씨가 지독하게 춥다는 것과 사람들이 이리저리 뛰어

....
* 단추를 누르면 방금 지난 시각을 15분 또는 1시간 단위로 종을 쳐서 알려주는 시계.

50

다니며 소란을 떠는 소리가 안 들린다는 것뿐이었다. 밤이 다시 낮을 때려눕히고 세상을 차지했다면 틀림없이 시끄러웠을 텐데 말이다. 이건 크게 다행한 일이었다. 낮이 없어져서 날이 가는 것을 셀 수 없다면 '이 제1환어음을 일람(一覽) 후 사흘째 날에 에버니저 스크루지 또는 그의 지시인에게 지급하시오' 따위의 말은 미국이 발행한 국채*나 다름없게 될 테니까.

스크루지는 다시 침대에 들었다. 그러고는 생각하고, 생각하고, 자꾸만 생각했다. 하지만 뭐가 뭔지 알 수가 없었다. 생각하면 할수록 더 어리둥절해질 따름이었다. 그렇다고 생각하지 않으려고 애를 쓰니 그럴수록 더 많이 생각하게 됐다.

말리의 유령이 스크루지를 아주 못살게 굴고 있었다. 많이 생각해본 끝에 그건 모두 꿈이었다고 치부해버리려고 하자 생각이 강력한 용수철처럼 처음 위치로 되돌아가 같은 문제를 또다시 고민하게 만들었다. '그건 꿈이었을까, 아니었을까?'

스크루지는 교회 시계가 십오 분 간격으로 세 번 더 차임을 울릴 때까지 그렇게 누워 있었다. 그러다가 교회 시계가 한 시

....

* 당시 미국이 발행한 국채는 신용도가 추락한 상태여서 영국인에게 가치가 없는 것으로 여겨졌다.

를 알리는 종을 치면 방문객이 찾아올 거라고 말리의 유령이 말한 것이 기억났다. 스크루지는 그 시각이 지날 때까지 깬 상태로 누워 있기로 결심했다. 차라리 천국에 가는 게 쉽지 잠이 다시 올 것 같지는 않았으니 아마도 그것이 그가 내릴 수 있는 가장 현명한 결정이었을 것이다.

남은 십오 분은 너무 길었고, 스크루지는 자기가 무의식중에 깜빡 잠이 들어 시계 소리를 놓친 게 틀림없다는 생각을 여러 번 했다. 귀를 세우고 있는 그에게 드디어 시계 소리가 들려왔다.

"딩동!"

"십오 분." 시간을 계산하며 스크루지가 중얼거렸다.

"딩동!"

"삼십 분!"

"딩동!"

"십오 분 전."

"딩동!"

"바로 그 시각이야!" 스크루지가 의기양양하게 말했다. "그런데 아무 일 없잖아!"

스크루지는 이 말을 정각을 알리는 종소리가 울리기 전에

했다. 그제야 종이 깊고 둔탁하고 공허하고 우울하게 한 시를 알렸다. 그 순간 방안에 빛이 번쩍하더니 침대 커튼이 확 젖혀졌다.

스크루지의 침대를 가리고 있던 커튼은, 내가 분명히 말하겠는데, 어떤 손이 젖혔다. 발치에 있는 커튼도, 등 뒤에 있는 커튼도 아니었다. 얼굴 앞에 있는 커튼이 젖혀졌다. 침대 커튼이 젖혀지자 스크루지는 놀라서 몸을 반쯤 일으켰다. 그리고 그런 엉거주춤한 자세로, 커튼을 젖힌, 이 세상 사람이 아닌 것 같은 방문객과 얼굴을 마주보게 됐다. 마치 지금의 나하고 여러분만큼 가까이에서. 말이 났으니 덧붙이자면, 나는 마음으로는 여러분의 바로 곁에 있다고 생각하고 있다.

그 방문객은 이상한 형상을 하고 있었다. 처음엔 아이처럼 보였지만, 아이 같은 만큼 노인 같기도 했다. 그는 초자연적인 매개체에 싸여 있었다. 그 매개체를 통해 보이는 그의 모습은 저 멀리 떨어져 있는 것처럼 느껴졌고, 아이처럼 작아 보였다. 목 주위와 등으로 흘러내린 머리카락은 노인마냥 하얗게 세었다. 그런데 얼굴에는 주름 하나 없었고, 피부는 더할 나위 없이 부드러운 홍조를 띠고 있었다. 팔은 아주 길고 근육질이었다. 손도 마찬가지여서 손아귀 힘이 범상치 않을 것 같았다.

아주 섬세하게 생긴 다리와 발은 팔이나 손과 마찬가지로 맨살이었다. 새하얀 튜닉을 걸치고 있었고, 빛이 나는 허리띠를 둘렀는데 그 광택이 아름다웠다. 손에는 연초록색 호랑가시나무 가지를 들었는데, 겨울을 상징하는 그 나무 가지와 도대체 어울리지 않게도 옷은 여름 꽃으로 장식돼 있었다.

그런데 가장 이상한 점은 정수리에서 밝고 선명한 빛이 쏟아져 나오는 것이었다. 그 빛 덕분에 앞에서 말한 모든 것이 보였다. 그리고 커다란 불끄개를 겨드랑이에 끼고 있었는데, 그 용도는 그가 자신을 잘 보이지 않게 하려고 할 때 모자처럼 뒤집어써서 정수리에서 나오는 빛을 가리는 것인 게 분명했다.

그러나 스크루지가 더 집중해서 들여다보니 가장 이상한 점은 그것이 아니었다. 허리띠가 한 번은 이쪽이 반짝반짝했다가 한 번은 저쪽이 반짝반짝하고 어느 순간에 환해졌나 싶던 부분이 다음 순간에는 깜깜해져서, 방문객의 형상이 잘 보였다가 잘 보이지 않았다가 하는 것이었다. 팔이 하나만 있는 듯했다가는 다리가 하나만 있는 듯했고, 다리가 스무 개로 보였다가 머리 없이 두 다리만 보였으며, 어떤 때는 몸통 없이 머리만 보이기도 했다. 사라진 부분은 칠흑 같은 어둠 속으로 스며들어 윤곽조차 보이지 않았다. 방문객은 이렇게 놀라운 변신을 거듭하더니 아까처럼 뚜렷하고 선명한 모습을 되찾았다.

"당신이 저에게 찾아온다던 그 유령님입니까?" 스크루지가 물었다.

"그렇다!"

목소리가 부드럽고 온화했다. 그리고 이상하리만치 낮은 목소리였다. 마치 스크루지 곁에 가까이 있지 않고 멀리 떨어져 있는 것처럼.

"당신은 누굽니까, 그리고 어떤 분입니까?"

"나는 '과거의 크리스마스 유령'이다."

"아주 오래전의 과거 말인가요?" 스크루지가 난쟁이처럼 작은 유령의 모습을 뜯어보며 물었다.

"아니. 너의 과거."

누군가가 스크루지에게 왜 그랬느냐고 물었다면 아마도 대답할 수 없었을 것이다. 하지만 스크루지는 모자를 쓴 유령을 꼭 보고 싶었다. 그래서 모자를 써달라고 유령에게 부탁했다.

유령이 소리쳤다.

"뭐라고! 내가 뿌리는 빛을 세속의 손길로 그렇게 빨리 꺼버리겠다는 건가? 너를 비롯한 사람들의 욕망이 이 모자를 만들었고, 나로 하여금 긴 세월 이 모자를 이마까지 푹 내려쓰고 있게 했다. 그것으로도 만족하지 못한다는 말인가?"

스크루지는 기분을 상하게 하려는 의도는 전혀 없고, 지금 껏 사는 동안 한 번이라도 고의로 유령에게 모자를 씌웠던 기억도 전혀 없다고 정중하게 말했다. 그런 뒤 용기를 내서 무슨 일로 여기 왔느냐고 물었다.

"너의 행복을 위해서지!" 유령이 말했다.

스크루지는 매우 고맙다고 말했다. 하지만 행복을 위해서라면 방해받지 않고 푹 쉬는 밤이 더 나았을 거라는 생각을 하지 않을 수 없었다. 유령은 스크루지의 생각을 읽었는지 곧바로 이렇게 말했다.

"그럼 교화를 위해서라고 해두지. 정신 차려!"

유령은 이 말과 함께 억센 손을 내밀더니 스크루지의 팔을 부드럽게 잡았다.

"일어나! 함께 걷자!"

날씨도 그렇고 시간도 그렇고 걷기에 적합하지 않다고, 침대는 따듯한데 온도계는 영도 밑으로 한참 내려갔다고, 옷을 걸치긴 했지만 슬리퍼, 잠옷, 취침용 모자의 가벼운 차림새라고, 지금 감기에 걸려 있다고 사정해봐야 소용이 없었을 것이다. 그의 손아귀는 여자 손처럼 부드럽긴 했지만 저항할 수 있는 것이 아니었다. 스크루지는 일어났다. 그러나 유령이 창가로 가는 것을 보고 유령의 옷자락을 애원하듯 붙잡았다.

"저는 한낱 인간입니다. 떨어진다고요." 스크루지가 항의했다.

"내가 여기 손을 대기만 하면." 유령은 이렇게 말하며 자기 손을 스크루지의 가슴에 얹었다. "이보다 높이 떠올라 떨어지지 않을 거다!"

그 말과 함께 둘은 벽을 뚫고 나가 양쪽으로 들판이 펼쳐진, 탁 트인 시골길 위에 섰다. 도시가 고스란히 사라져 흔적조차 보이지 않았다. 어둠과 안개도 함께 사라졌다. 땅에 눈이 쌓인, 맑고 추운 겨울날이었다.

"오, 이런!" 스크루지가 두 손을 맞잡고 주위를 둘러보았다. "제가 자란 곳이에요. 여기서 어린 시절을 보냈어요!"

유령은 온화한 눈길로 스크루지를 바라보았다. 유령이 부드러운 손길을 아주 잠깐 가볍게 댔을 뿐이었지만 늙은 스크루지의 감각에는 그 손길이 여전히 생생했다. 스크루지는 공기 중에 수없이 많은 냄새가 떠도는 것을 느낄 수 있었다. 그 냄새 하나하나에는 오래, 아주 오래 잊고 지낸 수많은 생각과 희망, 기쁨, 염려가 담겨 있었다!

"입술이 떨리는구나. 뺨 위에 그건 뭐지?" 유령이 물었다.

난데없이 울컥 목이 멘 스크루지는 뾰루지라고 얼버무렸다. 그러고는 유령에게 가고 싶은 곳이 있으니 데려가 달라고 부탁했다.

"그곳으로 가는 길은 기억하는가?" 유령이 물었다.

스크루지가 신이 나서 말했다. "기억하고말고요! 눈을 감고도 걸어갈 수 있을 거예요."

"그런데 그렇게 오래도록 잊고 있었다니 이상하군! 가자."

둘은 길을 따라 걸었다. 스크루지는 마주치는 모든 문과 기둥, 나무를 알아보았다. 저 멀리 장이 서는 작은 마을이 나타났다. 다리가 있고 교회가 있고 강물이 굽이쳐 흐르는 마을이었다. 털이 덥수룩한 조랑말 몇 마리가 등에 사내아이들을 태우고 잰걸음으로 달려오는 게 보였다. 아이들은 농부가 모는 이륜마차나 수레에 탄 다른 사내아이들을 소리쳐 불렀다. 사내아이들은 모두 한껏 들떠 있었고, 서로 고함을 질렀다. 넓은 들판이 어느새 즐거운 음악으로 가득 찼고, 청량한 공기마저 그 소리에 웃음을 터뜨렸다.

유령이 말했다. "저들은 그저 한때 있었던 것들의 환영일 뿐이야. 우리를 알아차리지 못하지."

그 명랑한 무리가 다가왔다. 그들이 가까이 오자 스크루지는 하나하나를 알아보고 이름을 댔다. 왜 스크루지는 그들을 보고 한량없이 기뻤을까? 그들이 지나갈 때 왜 차갑던 눈이 빛나고 심장이 뛰었을까? 그들이 저마다 집에 가려고 갈림길이나 샛길에서 헤어지면서 '메리 크리스마스' 하고 인사하는 소리를 듣고 왜 가슴이 기쁨으로 차올랐을까? 스크루지에게 즐거운 크리스마스가 무엇이었나? 빌어먹을 메리 크리스마스! 도대체 크리스마스 덕을 본 게 뭐가 있는가?

"학교가 아주 텅 빈 건 아니야. 친구들이 놔두고 가버린 외로운 아이가 아직 거기에 남아 있어." 유령이 말했다.

스크루지는 알고 있다고 말했다. 그리고 흐느꼈다.

둘은 큰길에서 벗어나 기억에 생생한 좁은 시골길을 지나 칙칙한 붉은 벽돌로 지은 집에 다다랐다. 지붕 위에 둥그런 돔형 구조물이 세워져 있었다. 꼭대기에는 수탉 모양의 풍향계가 얹혀 있고 안에는 종이 걸린 구조물이었다. 건물은 컸지만 쇠락한 모양새였다. 널찍한 사무실들은 거의 비었는데, 사무실마다 벽은 축축하고 이끼가 끼어 있었다. 게다가 창은 깨어져 있었고, 문짝은 썩어 있었다. 마구간에서는 닭들이 꼬꼬거리며 으쓱으쓱 거닐었고, 마차 보관소와 헛간에는 풀이 수북

하게 자라 있었다. 안이라고 옛 모습을 더 잘 간직하고 있는
건 아니었다. 음울한 홀에 들어가서 문이 열린 방들을 들여다
보니 가구도 거의 없고 춥고 휑했다. 공기에는 흙냄새가 감돌
았다. 썰렁하게 헐벗은 그 건물 안은 먹을 것은 별로 없이 촛
불만 환히 켜둔 식탁을 떠올리게 했다.

유령과 스크루지는 홀을 가로질러 건물 뒷문으로 다가갔다.
문이 열리더니 길쭉하고 황량하고 울적한 방이 드러났다. 허
름한 나무의자와 책상들이 줄지어 있어 더욱 황량해 보였다.
외로운 소년이 의자에 앉아 시들시들한 난롯불을 쬐며 책을
읽고 있었다. 스크루지도 의자에 앉았다. 그리고 그동안 잊고
있었던 자신의 불쌍한 옛 모습을 바라보며 눈물을 흘렸다.

건물 안에 숨어있다가 울려 나오는 메아리, 벽널 뒤에서 생
쥐가 찍찍대며 우당탕거리는 소리, 음침한 뒷마당의 반쯤 녹
은 홈통에서 물이 떨어지는 소리, 풀 죽은 포플러나무의 잎사
귀 하나 없는 가지들이 한숨짓는 소리, 빈 창고의 문짝이 나른
하게 여닫히는 소리, 타닥타닥 장작이 타는 소리. 그 모두가
스크루지의 가슴을 말랑말랑하게 누그러뜨렸고, 그의 눈에서
눈물이 마구 샘솟게 했다.

유령이 스크루지의 팔을 건드리더니 책 읽기에 온통 빠져

있는 어릴 적 스크루지를 가리켰다. 그런데 난데없이 이국적인 옷을 입은 남자가 창밖에 서 있는 게 아닌가. 놀랄 만큼 생생하고 뚜렷한 모습의 그 남자는 허리띠에 도끼를 꽂은 채 땔나무를 등에 실은 당나귀의 고삐를 잡고 있었다.

스크루지가 신이 나서 소리쳤다.

"이런, 알리바바잖아! 우리의 정직한 알리바바예요! 그래, 맞아, 맞아요! 언젠가 크리스마스에 저기 저 외로운 꼬마가 여기 혼자 남아있을 때 알리바바가 왔어요, 처음으로 바로 저렇게요. 불쌍한 녀석! 발렝틴 하고 야생에서 자란 그의 형제 오르송*, 저기 그들이 가고 있네요! 그리고 이름이 뭐더라, 다마스쿠스 성문 앞에 속바지 차림으로 잠든 채 놓여 있던 저 사람 보여요? 그리고 지니가 거꾸로 처박은 술탄의 마부. 바로 저기에 거꾸로 매달려 있네요! 꼴좋다. 통쾌하다. 자기가 뭔데 공주와 결혼하겠다는 거야!"

런던의 거래처 사람들이 스크루지가 웃는 것도 우는 것도 아닌, 아주 이상한 목소리로 이런 얘기를 매우 진지하게 하는 것을 들었다면, 또는 열이 올라 흥분한 얼굴을 보았다면 정말

....
* 프랑스 중세의 산문체 기사 이야기에 나오는 두 영웅.

이지 깜짝 놀랐을 것이다.

스크루지가 외쳤다.

"그 앵무새다! 초록빛 몸통에 꼬리는 노랗고, 상추처럼 생긴 게 정수리에 돋아났죠. 저기 있는 저 앵무새 말이에요! '불쌍한 로빈 크루소', 저 앵무새가 그렇게 불렀죠, 로빈슨 크루소가 배를 타고 섬 주위를 돌아본 뒤 다시 집에 왔을 때 말이에요. '불쌍한 로빈 크루소, 어디 갔었니, 로빈 크루소?' 로빈슨 크루소는 자신이 꿈을 꾸고 있나 생각했지만, 그게 아니었어요. 앵무새가 그랬다고요. 저기 프라이데이가 간다, 작은 만쪽으로 죽을힘을 다해 달리는군! 어이! 이봐! 어이!"

그러고는 스크루지가 평소의 그답지 않게 돌변해서는 예전의 자신을 가여워하며 "불쌍한 녀석!"이라고 말하고 또 울었다.

"그랬어야 했는데." 스크루지는 소매로 눈물을 훔친 뒤 한 손을 주머니에 넣고 주위를 둘러보며 중얼거렸다. "하지만 이제는 너무 늦었어."

"왜 그러는가?" 유령이 물었다.

"아무것도 아닙니다, 아무것도. 어젯밤 제 사무실 문 앞에서 크리스마스 캐럴을 부른 소년이 있었어요. 그 아이에게 무언가를 주었더라면 좋았을 텐데, 그런 생각을 했을 뿐이에요."

유령은 무언가를 생각하는 듯한 태도로 웃음을 짓더니 손을 흔들며 말했다. "다른 해 크리스마스를 보자꾸나!"

그 말에 어린 스크루지는 훌쩍 자라났고, 방은 더 어둡고 더러워졌다. 벽널이 쪼그라들었고, 창문은 금이 갔고, 천장의 회반죽이 부서져 떨어져 내렸고, 그 안의 널빤지가 그대로 드러났다. 그러나 어떻게 그런 모든 일이 벌어졌는지에 대해서는 스크루지도 여러분보다 더 아는 바가 없었다. 스크루지는 다만 그 광경이 그때의 상태와 아주 정확하게 같다는 것, 모든 게 그렇게 됐다는 것, 다른 소년들이 즐거운 명절을 보내려고 각자 집으로 갔을 때 자기는 다시금 혼자 남았다는 것을 알 뿐이었다.

이제는 예전의 스크루지가 책을 읽지 않고 절망하여 왔다 갔다 하고 있었다. 스크루지는 유령을 바라보더니 슬픔이 북받치는 듯 고개를 흔들면서 간절한 눈길을 문 쪽으로 보냈다.

문이 열렸다. 그리고 소년보다 훨씬 어린 소녀가 쏜살같이 뛰어 들어오더니 소년의 목을 끌어안고 마구 뽀뽀를 해대며 "오빠, 사랑하는 오빠"하고 불렀다.

"집에 데려가려고 왔어, 오빠!" 아이는 그렇게 말하더니 조그만 두 손을 짝짝 부딪치며 허리를 꺾고 까르르 웃었다. "집에 데려가려고, 집, 집, 집 말이야!"

"집이라고, 팬?" 소년이 대꾸했다.

아이가 잔뜩 신이 나서 말했다. "응! 집에 가는 거야, 아주. 집에 가는 거야, 영영. 아빠가 예전보다 훨씬 자상해지셔서 집이 마치 천국 같아! 며칠 전에는 밤에 잠을 자려고 침대에 누웠는데 아빠가 하도 다정하게 말씀을 하시기에 무섭지가 않은 거야. 그래서 오빠가 집에 와도 되냐고 한 번 더 여쭤보았지. 그런데 아빠가 그래도 된다고 하셨어. 오빠를 데려오라고 나를 마차에 태워 보내주셨어. 오빠는 이제 어른이 되는 거야!" 아이가 눈을 크게 뜨며 말을 이었다. "그러니 다시는 여기로 오지 않아도 돼. 그 전에 먼저 우리 크리스마스 내내 함께 지내면서 세상에서 가장 즐거운 시간을 보내는 거야."

"너야말로 숙녀가 다 됐군, 팬!" 소년이 소리쳤다.

아이는 손뼉을 치며 웃음을 터뜨렸고, 오빠의 머리를 만지려고 했다. 하지만 키가 너무 작아 오빠의 머리에 손이 닿지 않자 다시 웃더니 까치발을 하고 오빠를 끌어안았다. 그러더니 아이 특유의 성화를 부리며 오빠를 문 쪽으로 끌고 가기 시작했다. 싫을 리 없는 오빠는 동생을 따라갔다.

"스크루지 군의 짐을 내려오게, 저기에!" 홀에서 무시무시한 목소리가 들려왔다. 홀에 교장이 몸소 나타나 무섭도록 정중한 태도로 스크루지 군을 노려보고 있었다. 그러더니 악수를 청해서 스크루지로 하여금 잔뜩 겁을 먹게 했다. 교장은 스크루지와 여동생을 아주 오래된 우물 속 같은, 그러나 그동안 본 응접실 중 가장 훌륭한 응접실로 데려갔다. 벽에 걸린 지도와 창가에 놓인 천구의와 지구의가 냉기가 서려 미끈미끈했다. 여기서 교장은 이상할 정도로 밍밍한 포도주 한 병과 이상할 정도로 퍽퍽한 케이크 한 덩어리를 내놓았다. 그리고 이 진미를 어린 친구들이 먹도록 덜어주었다. 이와 동시에 비쩍 마른 하인을 시켜 마부에게 이 '별미'를 한 잔 들겠느냐고 묻게 했다. 마부는 고맙지만 전에 맛본 것과 같은 술이라면 사양하겠다고 대답했다. 그 사이 스크루지 군의 트렁크가 마차 지붕 위에 묶였다. 아이들은 교장에게 얼른 작별인사를 하고 마차에 올라탔다. 마차는 정원 사이로 난 길을 신나게 달려갔다. 바퀴가 빨리 구르자 상록수의 짙푸른 잎에서 서리와 눈이 분무처럼 흩날렸다.

유령이 말했다. "언제나 연약한 여자아이였지. 불면 꺼질 것 같은. 하지만 마음은 넓었어!"

스크루지가 외쳤다. "그랬지요. 그 말이 맞아요. 부인하지 않겠어요, 유령님. 부인할 이유가 전혀 없어요!"

"네 누이는 결혼을 하고 죽었지. 애들이 있었던 것 같은데."

"하나예요."

"그래, 네 조카!"

"예." 심사가 불편한지 스크루지가 짧게 대답했다.

바로 그 순간 둘은 학교를 떠났는가 싶었는데 어느 사이에 도시의 번잡한 한길 가에 서 있었다. 행인들의 환영이 오가고 수레와 마차들의 환영이 길을 다투었다. 진짜 도시에서 일어나는 다툼과 소란이 거기에 고스란히 다 있었다. 가게들이 단장한 모양새를 보니 여기도 크리스마스라는 것을 대번에 알수 있었다. 하지만 이번에는 저녁이었고, 거리는 불을 밝히고 있었다.

유령은 어느 건물의 문 앞에 멈춰서더니 스크루지에게 이곳을 알겠느냐고 물었다.

"알고말고요! 여기서 제가 수습직원으로 일했어요!"

둘은 안으로 들어갔다. 웨일스식 가발모자*를 쓴 나이 든 신

....

* 털실로 뜬 가발식 모자. 맨 처음 웨일스의 몽고메리에서 만들어져서 이런 이름이 붙었다.

사가 높다란 책상 너머에 앉아 있었다. 책상이 어찌나 높은지 그 신사가 오 센티미터만 더 컸더라면 틀림없이 머리를 천장에 찧었을 것이다. 그 신사를 보더니 스크루지가 흥분해서 소리쳤다.

"아니, 페지위그 영감이잖아! 이럴 수가! 페지위그 영감이 살아났네!"

페지위그 영감은 펜을 내려놓더니 시계를 올려다보았다. 시계는 일곱 시를 가리키고 있었다. 페지위그는 손을 비비더니 낙낙한 조끼를 매만지고서 발끝에서부터 시작해 자애로움의 장기인 머리*까지 온몸으로 웃었다. 그러고는 소리쳤다. 편안하고 기름지고 풍성하고 비대하고 상냥한 목소리였다.

"여어, 거기! 에버니저! 딕!"

이제 청년이 된 예전의 스크루지가 다른 수습직원과 함께 활기차게 걸어 들어왔다.

스크루지가 유령에게 말했다. "딕 윌킨스예요, 틀림없이! 저런, 맞네요. 그 친구예요. 저를 무척이나 좋아했죠. 그랬어요, 딕이. 불쌍한 딕! 내 친구 딕!"

....
* 골상학에서는 이마 윗부분을 자애로운 마음의 중심으로 본다.

페지위그가 말했다. "여어, 얘들아! 오늘밤은 그만하지. 크리스마스이브잖아, 딕. 크리스마스라고, 에버니저! 문을 닫자!" 페지위그가 손뼉을 치며 덧붙였다. "누군가가 잭 로빈슨[*]을 부르기 전에 후딱!"

여러분은 두 청년이 얼마나 빨리 움직였는지 믿지 못할 것이다! 하나, 둘, 셋. 둘은 덧문을 들고 바깥으로 달려 나갔다. 넷, 다섯, 여섯. 덧문을 제 자리에 끼웠다. 일곱, 여덟, 아홉. 빗장을 질러 잠갔다. 그리고 열둘을 세기도 전에 경주마처럼 헐떡이며 돌아왔다.

"이이호!" 페지위그 영감이 높은 책상에서 놀랍도록 민첩하게 뛰어내리며 소리쳤다. "치우자, 얘들아. 여기를 널찍하게 만들어보자! 이이호, 딕! 어서, 에버니저!"

치우자! 페지위그 영감이 보고 있는데 두 사람이 안 치울 것도 못 치울 것도 없었다. 정리는 순식간에 끝났다. 옮길 수 있는 것은 모두 다시는 쓸 일 없다는 듯이 치워버렸다. 바닥을 쓸고 닦고, 램프 심지를 손질하고, 난롯불에 땔감을 쏟아 부었

....

[*] 로빈슨이라는 노인이 불쑥 친구를 방문했다가 이름을 부르기도 전에 가버린다는 내용의 유명한 코믹송에서 따온 말로, 그만큼 서두르자는 얘기.

다. 그러자 건물 안은 무도회장처럼 아늑하고 따뜻하고 보송보송하고 환해졌다. 여러분이 겨울밤이면 보고 싶어 하는 바로 그런 무도회장의 모습이었다.

바이올린 연주자가 악보를 들고 들어오더니 높다란 책상 쪽으로 다가갔다. 그 책상을 오케스트라로 삼은 연주자는 배앓이 하는 듯한 소리를 쉰 번쯤 내며 바이올린을 조율했다. 페지위그 부인이 벙글벙글 웃으면서 들어왔다. 세 딸도 활짝 웃으며 사랑스런 모습으로 들어왔다. 그 아가씨들 때문에 애가 탄 청년 여섯도 따라 들어왔다. 페지위그의 가게에서 일하는 젊은 남녀들이 모두 들어왔다. 하녀는 빵장사를 하는 사촌을 데리고 들어왔다. 요리사는 제 오빠의 각별한 친구인 우유배달부를 데려왔다. 주인에게서 끼니를 제대로 얻어먹는지 의심스러운 길 건너편 가게의 소년이 한 집 건너 이웃집 하녀 뒤에 몸을 숨긴 채 들어왔다. 듣자하니 그 집 여주인은 그 하녀의 귀를 만날 잡아당긴다고 했다. 하나씩 차례로 모두 들어왔다. 누군가는 수줍게, 누군가는 거침없이, 누군가는 우아하게, 누군가는 쭈뼛거리며, 누군가는 밀고, 누군가는 당기고. 모두가 무슨 수를 써서라도 들어왔다. 그들 모두, 그러니까 스무 쌍이 동시에 춤을 추려고 나섰다. 손을 잡고 원을 그리며 반 바퀴를 돌고 다시 반대쪽으로 돌고, 가운데로 모였다가 물러나 짝을 바꿔가며 빙글빙글 돌았다. 앞장서서 군무를 이끄는 쌍이 하나같이 잘못된 자리에 있게 되니 그때마다 다른 쌍이 그 자리에 이르면 춤을 새로 시작했다. 마침내 춤을 새로 시작하는 쌍은 있는데 뒤따르는 쌍은 없는 형국이 되었다. 이렇게 되자 페지위그 영감이 손뼉을 쳐서 춤을 멈추게 하고 외쳤다. "잘했어요!" 그러자 바이올린 연주자가 뜨겁게 달아오른 얼굴을 포터* 단지에 처박았다. 특별히 그런 목적으로 준비된 술이었다. 그러나 고작 이 정도 하고 쉬랴 하듯, 아직 춤추는 사람이 없는데도 그는 얼굴을 쳐들자마자 다시 연주를 하기 시작했다. 마치 조금 전의 연주자는 지쳐서 문짝에 실려 집으로 가고 새롭게 등장한 악사가 나서서 집으로 간 악사가 영영 돌아오지 못하게 하려고 작심하고 연주하는 것 같았다.

사람들은 또다시 춤을 췄고, 지면 벌금을 내는 놀이를 했고, 그러다가 또 춤을 췄다. 케이크가 나오고, 니거스†가 나오고, 구운 소고기와 삶은 소고기를 차갑게 식힌 것도 큰 덩어리

....
* porter. 흑맥주의 일종.

† negus. 포트와인이나 셰리주에 뜨거운 물, 설탕, 레몬즙 등을 섞은 음료.

로 나왔다. 그리고 민스파이*에다 맥주도 엄청나게 많이 나왔다. 그러나 그날 저녁 절정의 사건은 구운 고기와 삶은 고기가 나온 다음 바이올린 연주자(영리한 양반이다, 정말이지! 여러분이나 내가 말해주지 않더라도 자기가 할 일을 스스로 아주 잘 아는 사람이다!)가 '로저 드 커벌리 경'†을 켜면서 벌어졌다. 페지위그 영감이 아내와 춤을 추려고 튀어나온 것이다. 그것도 맨 앞에서 춤을 이끌려고. 그 두 사람이 아니면 하기 힘든 어려운 일이었다. 스물서너 쌍이나 되는 사람들 모두 대충 끌려갈 생각이 없었다. 걸을 생각은 전혀 없고 오직 춤만 추려는 사람들이었다.

그러나 사람 수가 그 곱절, 아니 네 곱절이었더라도 페지위그 영감은 얼마든지 상대할 수 있었을 것이다. 페지위그 부인도 마찬가지였다. 페지위그 부인으로 말할 것 같으면, 짝이라는 말의 뜻 그대로 페지위그 영감의 짝이 될 자격이 있는 여자였다. 이 말이 극찬이 아니라면 더 좋은 표현을 말해달라. 그걸

....
* mince pie. 영국에서 전통적으로 크리스마스에 먹는 작고 달콤한 파이. 고기, 과일, 향신료 등으로 속을 채운다.

† Sir Roger de Coverley. 영국의 컨트리 댄스 음악.

쓸 테니. 페지위그의 두 장딴지에서는 밝은 빛이 뿜어져 나오는 것 같았다. 춤의 어느 부분에서든 그의 장딴지는 두 개의 달처럼 빛났다. 여러분은 어느 시점에서건 두 사람이 다음에 어떤 동작을 할지를 전혀 예측할 수 없었을 것이다. 앞으로 갔다가 뒤로 물러나 짝과 두 손을 맞대고 남자는 허리를, 여자는 무릎을 굽혀 서로 인사하고, 두 손을 맞잡아 높이 쳐들고 그 아래로 빠져나온 뒤 맞잡은 두 손을 높이 쳐들어 뒤따르는 짝이 그 아래로 빠져나오게 하고, 손을 붙잡고 늘어서서 옆 사람의 팔 아래로 줄줄이 빠져나오고, 다시 제자리로 돌아왔다. 이렇게 페지위그 영감과 페지위그 부인이 춤을 다 추고 나자 페지위그 영감이 공중으로 붕 뛰어올라 재빨리 두 발을 엇갈리게 하더니 착 땅을 디뎠다. 어찌나 솜씨 있는 착지였는지 다리로 윙크를 하는 것 같았고, 발을 디디면서 휘청거리지도 않았다.

시계가 열한 시를 알리자 가게 내 무도회가 파했다. 페지위그 부부는 각각 문 양쪽에 자리 잡고서 나가는 사람 하나하나와 악수를 했다. 그러면서 "메리 크리스마스" 하고 인사했다. 모두 돌아가고 두 수습직원만 남게 되자 페지위그 부부는 둘에게도 마찬가지로 악수를 하고 인사를 했다. 이렇게 해서 쾌활한 목소리들이 모두 사라지자 두 청년은 가게 뒤쪽 계산대 밑에 있는 침대에 가서 누웠다.

　이런 장면이 펼쳐지는 동안 스크루지는 마치 넋이 나간 사람 같았다. 스크루지의 마음과 영혼은 그 장면 속에 있었던 예전의 자신과 함께 있었다. 스크루지는 그 모든 상황이 과거의 사실 그대로임을 입증할 수 있었고, 모든 일을 기억했고, 모든 순간을 즐겼다. 스크루지의 마음이 묘하게 요동쳤다. 그러다가 예전의 자신과 딕의 밝은 얼굴이 다른 쪽을 향하자 비로소 유령이 곁에 있음을 기억했고, 유령이 머리에서 아주 밝은 빛을 뿜어내며 자기를 똑바로 쳐다보고 있음을 알아차렸다.

　유령이 입을 열었다.

　"작은 것으로 이 순진한 녀석들을 감동시켜 감사하는 마음으로 가득 차게 만들었군."

　"작은 것이라고요?" 스크루지가 그 말을 되풀이했다.

　유령이 두 수습직원이 하는 얘기를 들어보라는 몸짓을 했다. 둘은 서로 숨김없이 마음을 드러내놓고 페지위그를 칭찬하고 있었다. 스크루지가 얘기를 다 듣고 나자 유령이 말했다.

　"저런! 안 그런가? 그 영감은 너희 인간세상의 돈을 그저 몇 파운드 썼을 뿐이야. 아마 삼사 파운드쯤. 그런데 이런 칭찬을 받다니 과분하지 않은가?"

"그렇지 않아요." 스크루지가 그 말에 흥분하여 자기도 모르게 예전의 자신으로 돌아가 대답했다. "그렇지 않아요, 유령님. 그분은 우리를 행복하게도 불행하게도 할 수 있는 힘이 있어요. 우리 일을 가볍게도 부담스럽게도, 기쁨으로도 고역으로도 만들 수 있어요. 그분의 힘이 말과 표정에 있다고, 아주 미미하고 사소해서 더할 수도 셀 수도 없는 것에 있다고 치자고요. 그러면 어떤가요? 그분이 주는 행복은 마치 큰돈이라도 들인 것처럼 아주 큰 걸요."

스크루지는 유령의 눈길을 느끼고 입을 다물었다.

유령이 물었다 "왜 그러나?"

"별것 아니에요."

"뭔가 있는데?" 유령은 물러서지 않았다.

"아닙니다, 아니에요. 제 직원한테 바로 지금 한두 마디라도 해줄 수 있다면 좋을 텐데, 그런 생각을 했어요. 그뿐이에요."

스크루지가 이런 바람을 얘기할 때 예전의 스크루지가 램프를 껐다. 스크루지와 유령은 다시금 사방이 트인 곳에 나란히 서 있었다.

유령이 말했다. "내 시간이 줄어들고 있어. 서둘러!"

이 말은 스크루지에게 한 말도, 스크루지가 볼 수 있는 누군가에게 한 말도 아니었다. 하지만 효과는 즉각적이었다. 다시 한 번 스크루지가 자기 자신을 보고 있게 된 것이다. 이제 스크루지는 나이를 더 먹어 인생의 절정기에 이르러 있었다. 얼굴에 훗날의 냉혹하고 고집스런 주름은 아직 없었다. 그러나 근심과 탐욕의 조짐이 씌워져 있었다. 열망과 욕심이 서린 눈이 불안하게 움직였다. 눈에서는 이미 뿌리를 내린 욕망이 비쳤다. 욕망의 나무가 자라 그 눈에 그늘을 드리우게 될 것이 분명했다.

스크루지는 혼자가 아니었다. 상복을 입은 젊고 어여쁜 여자 옆에 앉아 있었다. 여자의 눈에는 눈물이 고여 있었다. '과거의 크리스마스 유령'이 뿜어내는 빛에 그 눈물이 반짝였다.

여자가 차분하게 말했다.

"별 의미가 없겠죠. 당신에게는 의미가 거의 없을 거예요. 내가 있던 자리를 다른 우상이 대신 차지해버렸어요. 그 우상이 내가 그렇게 되려고 애썼던 것처럼 앞으로 당신에게 힘과 위로가 될 수 있다면 내가 슬퍼할 이유가 없어요."

"어떤 우상이 당신의 자리를 대신 차지했단 말이오?"

"황금의 우상이요."

"이것이 세상의 공평한 처사인가! 세상에서 가난만큼 힘든 건 없지. 그런데 부를 추구하는 것만큼 세상이 심하게 비난하는 것도 없으니 말이오!"

여자가 부드럽게 대답했다.

"당신은 세상을 너무 두려워해요. 세상의 험한 비난을 피하려다가 당신의 다른 소망들을 다 잃어버렸어요. 고귀한 포부가 하나둘 사라지더니 이젠 오직 하나, 돈을 벌어야겠다는 생각밖에 없어요. 내가 틀렸나요?"

스크루지가 얼른 내뱉었다. "그래서? 내가 그만큼 현명해졌기로서니, 뭐가 어떻다는 거요? 당신을 향한 내 마음은 변하지 않았는데."

여자가 고개를 가로저었다.

"변했다는 거요?"

"우리 언약은 지난 일이 되었어요. 그건 우리 둘 다 가난했지만 참고 부지런히 일하면 세속의 부를 쌓게 되는 좋은 시절이 오리라 믿으며 그 가난을 기꺼이 받아들였던 때의 일이지요. 당신은 변했어요. 우리가 언약을 했을 때 당신은 지금과 다른 사람이었어요."

스크루지가 발끈해서 말했다. "그때는 내가 어렸지."

여자가 대꾸했다. "예전의 당신이 지금과 달랐다는 걸 스스로도 느낄 거예요. 난 그대로예요. 우리 마음이 하나였을 때는 행복을 가져다줄 것 같았던 관계가 우리가 둘이 된 지금은 비참함으로 가득 차게 됐어요. 얼마나 자주, 얼마나 예민하게 내가 이 점을 생각했는지는 말하지 않을게요. 고민 끝에 당신을 놓아줄 수 있게 됐으니, 그것으로 충분해요."

"내가 언제 놓아달라고 한 적이 있소?"

"말로는, 그러지 않았죠. 한 번도."

"그럼 무엇으로 그랬다는 거요?"

"달라진 성격, 변해버린 영혼으로요. 삶에서 풍기는 달라진 분위기, 삶의 가장 큰 목표로서의 달라진 소망으로요. 나의 사랑이 당신에게 조금이라도 가치 있게 보이게 만든 것들 모두의 변화로요. 우리 사이에 그런 것들이 없었다면……" 여자가 부드러운 눈길로, 그러면서도 흔들림 없이 스크루지를 바라보았다. "말해줘요, 그랬어도 지금 나를 찾고 내 마음을 얻으려 했을까요? 아! 아닐걸요!"

스크루지는 여자의 추측이 옳다고 자기도 모르게 인정하는 듯 보였다. 하지만 간신히 이렇게 말했다. "그렇게 생각하지 말아요."

"다르게 생각할 수만 있다면 기꺼이 다르게 생각하고 싶어요, 맹세코요! 이런 진실을 깨닫고 나니 이게 얼마나 강력하고 거역할 수 없는 것인지를 알겠어요. 당신이 지금이든 앞으로든, 아니면 과거에라도, 자유의 몸이라면 과연 지참금 없는 여자를 선택할 거라고 내가 믿을 수나 있을까요? 여자에겐 철저히 숨기겠지만 당신은 손익으로 모든 걸 판단하는 사람이에요. 그러니 잠시 판단을 잘못하여 그 유일한 기준을 버리고 여자를 선택한다 해도 틀림없이 후회하게 되리란 걸 내가 모를 것 같아요? 난 알아요. 그래서 당신을 놓아주는 거예요. 진심으로요. 예전의 당신에게 느꼈던 사랑을 위해서요."

스크루지가 무언가를 말하려고 했지만, 여자는 고개를 돌려 스크루지를 외면하며 말을 이었다.

"당신은 지금 이 일이 고통스러울지도 몰라요. 지난 일에 대한 추억을 생각하면 당신이 고통스러워하면 좋겠다는 생각도 들어요. 아주, 아주 잠깐 고통스럽겠지만 당신은 기꺼이 기억에서 그걸 밀어낼 거예요. 아무런 이득이 없는 꿈이라면서, 깨어나서 다행이라면서요. 당신이 스스로 선택한 삶에서 행복하길 바랄게요!"

여자가 자리를 떴고, 둘은 헤어졌다.

스크루지가 말했다. "유령님! 더 보여주지 마세요! 집에 데려다주세요. 왜 저를 고문하며 즐거워하시나요?"

유령이 외쳤다. "환영을 하나만 더 보자!"

스크루지가 비명을 질렀다. "더는 안 돼요! 더는 싫어요, 보고 싶지 않아요. 더 보여주지 마세요!"

그러나 유령은 가차 없이 스크루지의 두 팔을 꽉 붙잡더니 그 뒤에 무슨 일이 일어났는지를 억지로 보게 했다.

유령과 스크루지는 다른 장면, 다른 장소에 있었다. 그다지 크지도 근사하지도 않았지만 아주 안락해 보이는 방이었다. 겨울의 난롯가에 아리따운 젊은 여자가 앉아 있었다. 아까 본 여자와 무척 닮아서 스크루지는 같은 사람인 줄 알았다. 그런데 젊은 여자 맞은편에 이제 매력적인 중년부인이 된 아까 그 여자가 보였다. 젊은 여자는 딸이었다. 그 방은 아주 시끌벅적했다. 스크루지가 산란한 마음으로 얼핏 세어본 것보다 더 많은 아이들이 있었기 때문이다. 게다가 시에 나오는 유명한 소떼*와 달리 아이들은 한 사람처럼 행동하는 마흔 명의 아이들

....
* 윌리엄 워즈워스의 시 〈3월의 시(Written in March)〉에 나오는, 하나같이 고개를 숙이고 풀을 뜯는 소 마흔 마리를 가리킨다.

이 아니었다. 아이 하나하나가 마흔 명인 것처럼 행동했다. 그 결과 믿을 수 없을 정도로 소란스러웠지만 신경 쓰는 사람은 아무도 없는 듯했다. 아니, 오히려 어머니와 딸은 마음껏 웃으며 매우 즐거워했다. 딸은 곧 놀이에 끼어들었고, 어린 산적들에게 꼼짝없이 당하고 말았다. 내가 저들 속에 끼어들 수 있다면 무언들 주지 못했을까! 물론 저렇게 무례하게 굴지는 못하겠지만. 암, 못하고말고! 세상의 모든 재물을 다 준대도 땋아 내린 저 머리채를 움켜쥐고 잡아채지 못했을 거야. 그리고 저 귀여운 작은 신발. 맙소사, 나는 절대로 저렇게 낚아채지 못해! 저 겁 없는 어린 녀석들처럼 소녀의 허리를 붙잡고 매달리는 것은 어떤가. 그것도 못하지. 그랬다간 벌을 받아 팔이 그대로 구부러져 다시는 똑바로 펴지지 않을 거야. 그래도 인정하는데, 정말이지 저 입술은 만져보고 싶었을 거야. 저 입술이 열리는 것을 보려고 무엇이든 물어보고 싶었을 거야. 내려뜬 눈의 속눈썹을 얼굴을 붉히지 않고 바라보고 싶었을 거야. 단일 센티미터라 해도 값을 매길 수 없는 기념품이 될 저 굽슬굽슬한 머리칼을 풀어헤쳐보고 싶었을 거야. 고백하건대, 한마디로 나는 아이가 가진 한없는 자유를 누리되 그 자유의 가치를 아는 성숙한 어른이고 싶었을 거라고.

그런데 문 두드리는 소리가 들렸다. 곧바로 아이들이 달려 갔고, 웃는 얼굴의 아가씨도 얼굴이 시뻘겋게 달아오른 시끌 시끌한 아이들에게 휩싸여 옷자락을 붙들린 채 문 쪽으로 쓸 려갔다. 그리고 때마침 들어오는 아버지를 맞이했다. 아버지 는 장난감과 크리스마스 선물을 짊어진 남자를 대동하고 있었 다. 아이들은 환호를 지르고 몸싸움을 하며 무방비 상태의 짐 꾼을 맹공격했다! 의자를 사다리 삼아 짐꾼에게 올라타더니 주머니를 뒤지고, 갈색 종이로 싼 꾸러미를 빼앗고, 크라바트 를 꽉 움켜쥐고, 목을 껴안고, 등을 두드리고, 다리를 발로 찼 다. 좋아서 어쩔 줄 모르며 하는 행동이었다! 꾸러미를 하나씩 풀 때마다 놀라움과 기쁨의 함성이 터졌다! 그런데 아기가 소 꿉놀이용 프라이팬을 입에 집어넣으려고 해서 얼른 그것을 빼 앗았다는, 게다가 아무래도 아기가 나무접시에 붙어 있었던 가짜 칠면조를 삼켜버린 것 같다는 끔찍한 소리가 들려왔다! 그러나 그건 잘못된 경보임이 밝혀졌고, 모두 가슴을 쓸어내 렸다! 기쁨과 감사와 환희! 그 모든 것이 이루 다 표현할 길이 없기는 마찬가지였다. 이렇게 말하면 충분할까. 아이들도, 아 이들의 흥분도 차츰차츰 거실을 빠져 나와 하나씩 하나씩 계 단을 오르더니 위층에 이르렀다. 그리고 잠자리에 들더니 잠잠해졌다.

이제 그 집의 가장이 다정하게 몸을 기대오는 딸과, 그 딸의 어머니와 함께 난롯가에 앉자, 스크루지는 그 어느 때보다 주의 깊게 그들을 지켜보았다. 이처럼 우아하고 앞날이 창창한 아가씨가 자신을 아버지라 부를 수도 있었고, 삭막한 겨울 같은 자신의 인생에 봄날이 되어줄 수도 있었으리란 생각이 들자, 그만 스크루지의 눈앞이 부옇게 흐려졌다.

남편이 웃으면서 아내를 바라보며 말했다. "벨, 오늘 낮에 당신의 옛 친구를 보았소."

"누구 말이에요?"

"맞혀봐요!"

"어떻게요? 흠, 몰라요." 여자는 남편이 웃자 같이 웃으며 곧바로 덧붙였다. "스크루지 씨군요."

"그래요, 스크루지 씨였어요. 그 사람의 사무소 창가를 지나가는데, 창문을 닫아놓지 않고 촛불도 켜두어서 안을 볼 수밖에 없었어요. 동업자가 오늘내일한다는 소리가 들리던데 혼자 앉아 있더군요. 세상에서 철저히 혼자인 게 틀림없어요."

스크루지의 목소리가 갈라졌다. "유령님! 저를 다른 곳으로 데려가주세요."

유령이 말했다. "내가 말했지! 이것들은 한때 있었던 것의 환영이라고. 그 모습이 그대로 보일 뿐이라고. 그러니 나를 탓하지 마!"

스크루지가 소리쳤다. "다른 곳으로 데려가주세요! 견딜 수가 없어요!"

스크루지는 유령을 돌아보았다. 자기를 보고 있는 유령의 얼굴을 바라보니 유령이 지금까지 스크루지에게 보여줬던 모든 얼굴들이 희한하게 조각조각 거기에 엉겨 붙어 있었다. 스크루지는 유령에게 덤벼들었다.

"가버려요! 날 돌려보내줘요! 더는 날 쫓아다니지 마세요!"

스크루지는 몸싸움을 하다가—유령은 아무런 저항을 하지 않는데 스크루지가 아무리 애를 써도 끄떡하지 않으니 이것을 몸싸움이라 부를 수 있을지는 모르겠지만—유령의 빛이 활활 밝게 타오르는 것을 보았다. 언뜻 그 불이 자기에게 힘을 미치는 게 아닐까 하는 생각이 스쳤다. 스크루지는 불 끄는 모자를 움켜쥐고 다짜고짜 유령의 머리에 눌러 씌웠다.

유령이 모자 밑에서 고꾸라졌다. 그 바람에 불 끄는 모자가 유령의 몸 전체를 덮어버렸다. 그러나 스크루지가 온힘을 다해 눌러도 빛을 가려버릴 수는 없었다. 빛이 모자 아래로 끊임

없이 쏟아져 나와 바닥에 퍼졌다.

　스크루지는 진이 빠지고 걷잡을 수 없는 졸음이 밀려오는 것을 느꼈다. 게다가 어느새 자기 침실에 와 있었다. 스크루지는 마지막으로 모자를 꽉 누른 뒤 손에서 힘을 풀었다. 그러고는 겨우 비틀거리며 침대로 가서 누웠고, 곧바로 깊은 잠에 빠져들었다.

제3장
세 유령 중 두 번째

요란하게 코를 골다 잠이 깬 스크루지는 생각을 정리해보려고 자리에서 일어나 앉았다. 누군가 종이 다시 한 시를 치려는 참이라고 알려줄 필요는 없었다. 제이컵 말리의 주선으로 올 두 번째 전령과 대면한다는 특별한 목적에 맞게 딱 제 시간에 정신이 든 것 같았다. 그러나 이번에 새로 올 유령은 커튼의 어느 쪽을 젖힐 것인지 궁금해지자 으스스 한기가 들었다. 그래서 커튼을 제 손으로 젖히고 다시 누우며 침대 주변을 날카로운 눈초리로 둘러보았다. 유령이 나타나는 순간 당당히 맞서고 싶었지, 불시에 당하여 겁에 질리고 싶지 않았기 때문이다.

세상사에 밝고 웬만한 일에는 눈 하나 깜짝하지 않는다고 자부하는 한량들은 동전 따먹기 놀이부터 살인에 이르기까지 뭐든 잘할 수 있다고 떠벌이며, 무슨 모험이든 할 수 있다고 자기과시를 한다. 물론 동전 따먹기와 살인이라는 양극단 사이의 간격은 어지간한 것은 다 들어갈 정도로 폭이 넓다. 스크루지도 그처럼 대담하다고 감히 말하지 않겠다. 다만 스크루지가 어떤 기괴한 생김새도 볼 준비가 되었으며, 아기부터 코뿔소에 이르기까지 무엇이 나타나도 그리 놀라지 않았으리란 걸 믿어주기를 부탁한다.

스크루지는 이렇게 거의 모든 것을 볼 준비가 되었지만 아무것도 나타나지 않는 상황에는 전혀 대비되어 있지 않았다. 그래서 종이 한 시를 쳤을 때 아무런 형상도 나타나지 않자 몸이 덜덜덜 떨려왔다. 오 분, 십 분, 십오 분이 지나도 아무 일도 일어나지 않았다. 스크루지는 침대에 누워 있었는데 아주 밝고 붉은 빛이 침대를 비추고 있었다. 시계가 한 시를 알리자 흘러나오기 시작한 빛이었다. 침대가 그 빛 한가운데 놓인 꼴이었다. 단지 빛일 뿐이었지만 그것이 무엇을 뜻하는지, 어디로 가게 될지 알 수 없었으므로 유령이 한꺼번에 열둘이나 나오는 것보다 더 겁이 났다. 그리고 스스로 알아차리지도 못하는 채 자연발화*의 흥미로운 사례가 되어버리는 건 아닌지 이따금 불안하기도 했다. 어쨌든 스크루지는 마침내 생각하기 시작했다. 여러분이나 나라면 처음부터 그렇게 했겠지만. 하긴 곤경 속에서 어떤 일을 해야 하는지를 알고 또 당연히 그 일을 할 사람이란 언제나 곤경에 처하지 않은 사람이니까. 그러니까 마침내 스크루지는 이 오싹한 빛의 출처와 비밀이 옆방에 있을지도 모른다고 생각하기 시작했고, 좀 더 살펴보니 옆방이 빛나는 것 같았다. 이런 생각에 꼼짝없이 사로잡힌 스크루지는 슬그머니 일어나 슬리퍼를 질질 끌며 문으로 갔다.

스크루지가 자물쇠에 손을 대자 낯선 목소리가 스크루지의 이름을 부르며 들어오라고 했다. 스크루지는 그렇게 했다.

거기는 스크루지 자신의 방이었다. 의심할 여지가 없었다. 그러나 놀라울 정도로 변해 있었다. 벽과 천장에 초록색 식물이 주렁주렁 매달려 있어 영락없이 숲 같았다. 여기저기서 산딸기가 밝은 빛을 내며 반짝였다. 호랑가시나무, 겨우살이, 담쟁이의 보송보송한 잎이 마치 작은 거울들이 수없이 흩뿌려

....
* 사람이 몸에서 저절로 불이 나 갑자기 죽음에 이를 수 있다는 믿음. 19세기 초에 유행했다.

져 있기라도 한 듯이 그 빛을 반사했다. 그리고 불꽃이 맹렬하게 굴뚝을 타고 올라갔다. 난로는 스크루지가 이 집에서 살게 된 뒤로도, 말리가 살았던 동안에도, 아니 그 전에도 수없이 많은 겨울이 가도록 돌처럼 우두커니 굳어 있었을 뿐 이런 불꽃은 결코 알지 못했다. 칠면조, 거위, 사냥한 짐승, 닭, 돼지 머리 편육, 큰 고기 덩어리, 젖먹이 돼지 통구이, 기다라니 둥글게 말려 있는 소시지, 민스파이, 자두 푸딩, 통에 담긴 굴, 시뻘겋게 달아오른 밤, 체리처럼 빨간 사과, 즙이 많은 오렌지, 달콤한 배, 어마어마하게 큰 주현절* 전야 축하 과자가 바닥에 수북이 쌓여 일종의 옥좌를 이루고 있었다. 부글부글 끓고 있는 펀치가 담긴 그릇들에서는 맛좋은 냄새가 나는 김이 피어올라 방안을 자욱하게 만들었다. 옥좌 위에 쾌활해 보이는 거인이 편안한 자세로 앉아 있었다. 위용이 넘치는 거인은 풍요의 뿔† 과 비슷하게 생긴, 은은한 빛을 뿜는 횃불을 들고 있었다. 스크루지가 문틈으로 들여다보자 거인이 횃불을 높이 치켜들어 스크루지를 비추었다.

....

* 1월 6일. 동방박사가 아기 예수를 찾아 경배한 날.

† 로마신화에서 풍작의 여신 케레스가 곧잘 들고 있는 과일과 꽃이 담긴 뿔.

유령이 외쳤다.

"들어와! 들어오라고! 우리 사귀어보자, 친구!"

스크루지가 쭈뼛쭈뼛 들어가 유령 앞에서 고개를 수그렸다. 스크루지는 예전의 고집스런 스크루지가 아니었다. 유령의 눈이 초롱초롱하고 상냥한데도 마주치고 싶지 않았다.

유령이 말했다.

"나는 '현재의 크리스마스' 유령이다. 나를 보아라!"

스크루지는 경건한 몸짓으로 그렇게 했다. 유령은 가장자리에 하얀 털이 달린 진초록의 단순한 가운 혹은 망토 같은 옷을 입고 있었다. 옷이 하도 헐렁하게 걸쳐져 있어 넓은 가슴이 맨살 그대로 드러났다. 몸을 인위적으로 보호하거나 감추는 것을 거부하기라도 하는 것 같았다. 옷의 넉넉한 주름 아래로 발이 보였는데 역시 맨발이었다. 머리에는 호랑가시나무로 만든 화관 하나만 썼는데 여기저기 박힌 고드름이 빛났다. 진갈색의 기다란 곱슬머리는 제멋대로 늘어져 있었다. 그 머리칼은 상냥하고 즐거운 얼굴, 빛나는 눈, 활짝 펼친 손, 활기찬 목소리, 거리낌 없는 행동거지와 쾌활한 분위기만큼이나 자유로워 보였다. 허리에는 고풍스런 칼집을 둘러찼다. 그 고릿적 칼집은 녹슬었고, 칼은 들어있지 않았다.

91

유령이 외쳤다. "나 같은 이를 처음 보지!"

"예."

"우리 가족 중 어린 축에 드는 유령들과 걸어보지 않았나? 난 아주 어리니까, 최근 몇 년 사이에 태어난 내 형들 말이야."

"그런 적 없는 것 같은데요. 죄송하지만 그런 적 없습니다. 형제가 많으신가요, 유령님?"

"천팔백 명도 넘지."

"먹여 살리려면 죽어나겠군!" 스크루지가 중얼거렸다.

현재의 크리스마스 유령이 일어섰다.

스크루지가 고분고분하게 입을 열었다. "유령님, 저를 데려가길 원하시는 데로 데려가세요. 어젯밤엔 억지로 끌려갔지만 거기서 교훈을 하나 얻어 지금도 명심하고 있습니다. 오늘밤에 저를 가르치실 생각이라면 제대로 배우고 싶습니다."

"내 옷을 잡아라!"

스크루지는 시키는 대로 유령의 옷을 꽉 붙잡았다.

호랑가시나무, 겨우살이, 산딸기, 담쟁이, 칠면조, 거위, 사냥한 짐승, 닭, 돼지머리 편육, 소고기, 돼지, 소시지, 굴, 파이, 푸딩, 과일, 펀치가 순식간에 모조리 사라졌다. 방도 난로도 불그스름한 빛도 밤의 어둠도 사라지고 둘은 크리스마스 아침의 런던 거리에 서 있었다. (날씨가 혹독했기에) 집 앞의 인도와 지붕에 쌓인 눈이 얼어붙었고 사람들은 눈을 긁어내며 거칠지만 활기차고, 불쾌하지 않은 음악을 만들어냈다. 사내아이들은 눈이 길바닥으로 털썩 떨어지며 작은 눈보라를 일으키는 것을 보고 좋아서 어쩔 줄 몰랐다.

지붕 위에 쌓인 매끄럽고 하얀 눈, 또 땅 위의 조금 더러워진 눈과 대비되어 집 앞면은 시커매보였고 창문은 더 까매보였다. 바닥에 남은 눈은 수레와 마차의 무거운 바퀴에 파헤쳐져 깊은 고랑이 생겼다. 고랑은 큰길이 갈라지는 곳에서 수없이 엇갈리고 또 엇갈렸다. 그러다보니 복잡한 도랑이 생겼고 질척질척한 누런 진흙과 눈 녹은 물 때문에 사람들이 길을 가기가 힘들었다. 하늘은 음울했고, 아주 짧은 거리들에는 반은 녹고 반은 언 어두침침한 안개가 자욱하게 꽉 들어찼다. 안개의 입자 가운데 좀 더 묵직한 것들은 영국 전역의 모든 굴뚝에서 일제히 지펴진 불이 맘껏 타오르며 뿜어낸 듯한 시커먼 알갱이와 뒤섞여 쏟아져 내렸다. 날씨나 도시나 그다지 신날 게 없었다. 그럼에도 맑디맑은 여름 공기와 작열하는 여름 태양이 퍼뜨리려 애쓴다 해도 그렇게 되지 않을 정도로 활기찬 분위기가 떠다니고 있었다.

지붕 위에서 삽으로 눈을 치우는 사람들이 즐겁고 신이 나 있었던 것이다. 지붕 난간에서 서로 큰 소리로 부르며 이따금 장난삼아 웬만한 너더분한 농담보다는 훨씬 더 호의적인 투척물인 눈덩이를 던졌다. 눈덩이가 명중하면 깔깔깔 웃었고, 빗나가도 역시 깔깔깔 웃었다. 거위나 칠면조 따위를 파는 가게들은 아직도 반쯤 문을 열어두었고, 과일가게는 화려하게 빛났다. 과일가게에서는 유쾌한 노신사의 조끼처럼 크고 둥글고 불룩한 밤 광주리가 문간에 축 늘어져 있다가 더는 못 견디겠다는 듯 거리로 굴러 나오기도 했다. 붉은 빛이 도는 갈색 껍질에 알이 굵은 스페인 양파는 스페인 수도사처럼 살이 통통하게 올라 반들반들 윤이 났다. 선반 위에 자리 잡은 양파는 아가씨들이 지나다가 천장에 매달린 겨우살이를 수줍게 올려다보자 음탕하고 은밀한 눈짓을 날렸다.* 배와 사과는 반드르르한 피라미드 모양으로 높이 쌓여 있었다. 포도송이는 가게 주인이 친절하게도 눈에 잘 띄게 고리에 매달아 놓은 덕분에

....

* 천장에 매달린 겨우살이 아래 젊은 여자가 서 있으면 젊은 남자가 그 여자에게 입을 맞추어도 되는 크리스마스 풍습이 있다.

지나치는 사람들이 돈을 내지 않고도 그것을 보고 침을 흘릴 수 있었다. 이끼 낀 갈색의 개암 더미도 있었는데 그 냄새를 맡고 있으려니 오래전 숲속을 걸으며 발목까지 차오른 낙엽을 신나게 밟던 일이 떠올랐다. 노퍽에서 생산된 땅딸막하고 검붉은 요리용 사과는 오렌지와 레몬의 노란색을 더욱 돋보이게 했다. 또 터질 듯 꽉 차고 즙이 많은 과육은 어서 종이봉지에 담아 집으로 데려가 저녁식사 뒤에 먹어달라고 애원하는 듯했다. 이런 엄선된 과일 사이에 놓인 어항에서 헤엄을 치는 금빛, 은빛 물고기는 비록 지루하고 활기 없는 족속이지만 무슨 일인가 벌어지고 있음을 아는 듯했다. 흥분했다고 하기에는 느리고 심드렁했지만 제 딴에는 헐떡거리며 자신들의 작은 세상을 돌고 또 돌았다.

식료품가게! 오, 식료품가게! 덧문이 한두 개 닫힌 듯하니 가게 문을 거의 닫은 셈이다. 그러나 그 틈으로 언뜻 보이는 광경이란! 계산대 위의 저울은 무게를 다느라 기울어지면서 경쾌한 소리를 냈다. 노끈과 노끈을 감은 통이 서로 신나게 떨어져나갔다. 통들이 저글링을 하듯이 딸가닥거리며 위아래로 움직였다. 차 향기와 커피 향기가 뒤섞여 코를 황홀하게 했다. 잔뜩 쌓인 건포도는 최상품이고, 아몬드는 눈부시게 하얗고,

계피 막대는 기다라니 곧고, 다른 향신료들은 아주 맛있게 보였다. 설탕에 조린 과일은 녹인 설탕으로 얼룩덜룩 범벅인 게 시큰둥하게 구경하던 사람들조차 어질어질해지면서 속이 메슥거릴 것 같았다. 또 무화과는 촉촉하고 말랑말랑하며, 적당히 새콤한 프랑스산 자두는 멋지게 꾸민 상자 안에서 붉게 빛났다. 모든 것이 먹음직스러웠고, 크리스마스 장식을 두르고 있었다. 손님들도 모두 크리스마스를 지낼 생각에 마음이 바쁘고 들떠서 문간에서 맞부딪혀 고리버들 바구니를 요란하게 떨어뜨리거나, 산 물건을 계산대에 두고 갔다가 다시 뛰어와 가져가는 등 비슷한 실수를 수없이 저질렀다. 그래도 기분은 최고였다. 한편 식료품가게 주인과 점원들은 어찌나 솔직하고 활기가 넘치는지, 그들의 등에서 앞치마를 고정시켜주는 반짝거리는 심장 모양 핀이 누구나 다 볼 수 있도록, 또 크리스마스를 맞아 갈가마귀들이 쪼아 먹고 싶다면 그렇게 할 수 있도록 겉으로 내어 달아놓은 그들 자신의 심장 같아 보였다.

그러나 곧 뾰족탑들이 선량한 사람들을 모두 교회로, 예배당으로 불러들였고, 사람들은 가장 좋은 옷을 차려입고 어느 때보다도 즐거운 얼굴로 거리를 가득 메우며 모여들었다. 동시에 수많은 뒷골목, 좁은 길, 이름 없는 갈림길에서 사람들이 무수히 나타나 빵집으로 저녁거리를 들고 갔다.[*] 이처럼 흥청 거리는 가난한 이들이 유령의 흥미를 잔뜩 돋운 모양이었다. 유령이 스크루지와 나란히 빵집 문간에 서서 저녁거리를 든 사람들이 지나갈 때마다 뚜껑을 열어 그들의 식사에 횃불에서 꺼낸 향료를 뿌리는 것이었다. 그런데 그 횃불이 범상치 않았 다. 저녁거리를 들고 온 사람들끼리 서로 떠밀다 한두 번 성난 말이 오갔는데 유령이 횃불에서 꺼낸 물을 그 사람들에게 몇 방울 떨어뜨리자 그들이 곧바로 즐거운 기분을 되찾는 것이었 다. 그러면서 크리스마스 날 싸우는 건 부끄러운 짓이라고 말 하는 것이었다. 맞는 말이었다! 암, 맞는 말이고말고!

이윽고 종소리가 멎고 빵집들이 문을 닫았다. 하지만 빵집 화덕마다 위쪽에 얼룩덜룩 남아 있는 물기가 사람들이 먹을 저녁이 무엇이고 요리는 어떻게 했는지를 친절하게 알려주었 다. 바닥의 돌들도 요리되고 있는지 바닥에서 연기가 모락모 락 피어올랐다.

....

[*] 당시 가난한 사람들의 가정은 조리시설이 열악했다. 한편 빵집에서는 일요일 에 빵을 굽는 것이 불법이어서 빵을 굽지 않는 대신 적은 돈만 받고 가난한 이 들에게 화덕을 빌려주었다. 덕분에 가난한 이들은 적어도 일주일에 한 번 따뜻 한 음식을 먹을 수 있었다.

스크루지가 물었다. "유령님이 횃불에서 꺼내 뿌린 향료에 특별한 맛이라도 있나요?"

"있지. 나만의 맛이."

"오늘 저녁에 사람들이 먹을 모든 요리에 다 효과가 있나요?"

"정성을 담은 요리라면 뭐든. 하지만 가난한 사람들의 요리에 가장 효과가 좋지."

"왜 가난한 사람들의 요리에 가장 효과가 좋은가요?"

"그런 요리에 가장 필요하니까."

스크루지가 잠시 생각하더니 입을 열었다.

"그런데 유령님, 저희를 둘러싼 많은 세계의 모든 존재 중 하필 유령님께서 이 사람들이 아무 생각 없이 즐길 기회를 방해하려고 하시는 건지 모르겠습니다."

"내가?" 유령이 외쳤다.

"당신께서는 저들이 매주 일곱째 날마다 저녁을 먹는 데 필요한 수단을 빼앗으려고 하십니다. 그날이 저들에게는 일주일 중 저녁다운 저녁을 먹는다고 할 수 있는 유일한 날인 경우가 많은데 말이죠. 아닌가요?"

"내가?" 유령이 외쳤다.

"당신께선 일곱째 날에 이런 빵집들을 문을 닫게 하려고 하십니다. 그러니 같은 얘기지요."

"내가 그런다고?" 유령이 고함쳤다.

"제가 틀렸다면 용서해주세요. 이런 일이 유령님의 이름, 아니면 적어도 유령님 가족의 이름으로 벌어져왔습니다."

"네가 사는 이 세상에는 우리를 안다고 주장하면서 자신의 욕정, 교만, 악의, 증오, 시기, 편견, 이기심에서 비롯된 행동을 우리의 이름으로 하는 자들이 있지. 그런데 우리나 우리 가족과 친구들은 그런 사람들을 모른다. 마치 그들이 이 세상에 살았던 적이 없는 것처럼 말이야. 이 점을 기억하고 그들의 죄는 그들에게 물어라, 우리에게 묻지 말고."

스크루지는 그러겠다고 약속했다. 둘은 아까처럼 보이지 않는 모습으로 런던 교외로 갔다. 유령에게는 놀라운 점이 있었는데(스크루지는 그것을 빵집에서 목격했다), 어마어마하게 큰 몸이 어떤 장소에든 쉽게 들어갔다. 또 낮은 지붕 아래서도 아주 우아하게, 또 초자연의 존재답게 서 있었다. 천장이 높은 홀 안에서 할 수 있듯이 그렇게 말이다.

이 선한 유령은 자기의 그런 능력을 자랑하는 것이 즐거워서인지, 아니면 성격이 친절하고 너그럽고 따뜻한데다 가난한 사람들에게 연민을 느껴서인지 곧장 스크루지의 직원이 사는 집으로 갔다. 스크루지도 자기 옷자락에 매달아 데리고 갔다. 그리고 그 집의 문지방에서 웃으며 멈춰서더니 횃불에서 꺼낸 물방울을 뿌리며 보브 크래치트의 집을 축복했다. 생각해보라! 보브는 일주일에 고작 십오 '보브'*를 번다. 토요일이 되어봐야 자기와 이름이 같은 동전이 주머니에 달랑 열다섯 닢 들어있을 뿐이다. 그런데 '현재의 크리스마스' 유령이 그의 방 네 칸짜리 집을 축복한 것이다!

그때 그의 아내 크래치트 부인이 일어났다. 차려입었다는 게 두 번이나 안팎을 뒤집어 꿰맨 초라한 드레스였다. 하지만 육 펜스짜리치고는 근사한 모습을 연출해주는 리본을 매단 모습이 당당했다. 부인은 식탁보를 깔았다. 둘째딸 벨린다 크래치트가 도왔다. 역시 당당하게 리본을 매단 모습이었다. 한편 피터 크래치트 군은 감자가 든 냄비에 포크를 찔러 넣고 있었다. 별나게 큰 셔츠(이것은 원래 보브의 옷이었는데 그가 크리스마스를 기념해 아들이자 상속자인 피터에게 준 것이다)의 깃 끝이 자꾸 입에 들어갔지만 멋지게 차려입은 자신의 모

....
* Bob. 실링의 런던 식 속어.

100

습이 좋았고, 멋쟁이들이 모이는 공원에 가서 셔츠를 자랑하고 싶은 마음이 굴뚝같았다. 좀 더 어린 크래치트 남매가 우당탕탕 뛰어 들어오며 빵집 바깥에서 거위 요리 냄새를 맡았는데 우리가 먹을 거위라는 걸 알 수 있었다고 소리를 질러댔다. 이 어린 남매는 세이지와 양파로 만든 거위 속을 먹는다는 황홀한 상상에 식탁 주위를 돌며 춤을 추다가 피터 크래치트 군을 보고 잔뜩 추어올렸다. 그러나 피터는 (셔츠 깃이 거의 목을 조를 지경이었지만) 우쭐대지 않고 불에 입바람만 후후 불었다. 서서히 끓어오르던 감자들이 마침내 자기들을 꺼내서 껍질을 벗겨 달라고 냄비 뚜껑을 요란하게 두드렸다.

크래치트 부인이 말했다.

"도대체 사랑하는 너희 아빠는 어떻게 되신 거니? 네 동생 꼬마 팀은? 마사도 작년 크리스마스엔 삼십 분이나 늦지 않았는데."

그 말과 동시에 한 소녀가 들어섰다. "저 왔어요, 엄마!"

어린 크래치트 남매도 소리쳤다. "마사가 왔어요, 엄마! 신난다! 거위 요리가 끝내줘, 마사!"

"에구구, 우리 딸, 왜 이렇게 늦게 왔어?" 크래치트 부인은 딸에게 열 번도 넘게 입을 맞춘 뒤 딸의 숄과 보닛을 야단스레 벗겨주었다.

소녀가 대꾸했다. "어젯밤까지 끝내야 하는 일이 많았어요. 오늘 아침엔 정리도 해야 했고요, 엄마!"

"뭐, 왔으니 됐다. 불 앞에 앉아라, 얘야. 몸을 녹여야지. 에구, 우리 딸!"

"안 돼, 안 돼요! 아빠가 오셔요." 어린 크래치트 남매가 언제 또 나타나서는 소리쳤다. "숨어, 마사, 얼른!"

마사가 숨었다. 작은 몸집의 아버지 보브가 술 장식을 빼도 일 미터는 너끈히 될 목도리를 앞으로 늘어뜨리고서 들어왔다. 낡아서 해진 옷을 명절을 보내려고 깁고 솔질한 게 보였다. 꼬마 팀은 그의 어깨에 앉아 있었다. 가엾어라. 꼬마 팀! 아이는 작은 목발을 손에 들었고, 한쪽 다리가 보철이 되어 있었다.

보브 크래치트가 주위를 둘러보며 소리쳤다 "어라, 우리 마사는 어디 있지?"

크래치트 부인이 말했다. "못 온대요."

"못 온다고?" 잔뜩 들떴던 보브가 갑자기 풀이 죽었다. 교회에서부터 내내 팀의 순종 말이나 되는 것처럼 마구 달려온 참이었다. "크리스마스인데 못 온다니!"

마사는 비록 장난이더라도 아빠가 실망하는 모습을 보고 싶지 않았다. 그래서 계획보다 빨리 옷장 문 뒤에서 뛰쳐나와 아빠 품에 달려들었다. 그러는 사이 어린 크래치트 남매는 꼬마 팀을 재촉하여 세탁실로 데려갔다. 푸딩이 솥 안에서 노래하는 소리를 들려주려는 것이었다.

크래치트 부인은 남편더러 잘 속는다며 놀렸고, 보브는 마사를 한참이나 껴안았다. 크래치트 부인이 물었다. "그래, 우리 아가 팀이 어땠어요?"

"아주 얌전히 잘 있었지. 우리 아이가 생각이 점점 더 깊어지는 것 같아요. 혼자 있는 시간이 많더니 당신이 듣도 보도 못한 일을 생각해요. 집에 오는 길에 이러더라니까. 사람들이 자기를 교회에서 보았으면 좋겠대요. 사람들이 잘 걷지 못하는 자기를 보고 누가 절름발이 거지를 걷게 하고 장님을 눈 뜨게 했는지를 떠올릴 수 있게 된다면 크리스마스를 맞아 좋은 일 아니겠냐면서요."

이 얘기를 하면서 보브의 목소리가 떨렸다. 꼬마 팀이 건강하고 마음 따뜻한 아이로 자라고 있다고 말하면서는 더 많이 떨렸다.

활기찬 목발 소리가 바닥을 울렸다. 뭐라고 다른 말을 꺼내기 전에 꼬마 팀이 형과 누나의 호위를 받으며 돌아와 난로 앞의 결상에 앉았다. 보브는 소매를 걷어 올리고—딱해라, 닳아 빠진 소맷부리가 그 때문에 더 잘 보였다— 주전자에 담긴 무언가 뜨거운 혼합물에 진과 레몬을 섞고 여러 번 휘젓더니 은근히 끓으라고 난로 안 요리판 위에 놓았다. 피터 군과 어디든 나타나는 어린 크래치트 남매는 거위를 가지러 갔다가 곧 행진을 하며 돌아왔다.

이런 법석이 벌어지다니, 여러분은 거위가 새 중에서 가장 진귀한 새인 모양이라고 생각할지도 모르겠다. 흑고니 따위는 평범하게 만들어버리는 깃털 달린 놀라운 존재 말이다. 사실 이 집에서 거위는 바로 그런 존재였다. 크래치트 부인이 (작은 냄비에 미리 준비해둔) 고기 국물 소스를 치지직 소리가 나도록 데웠다. 피터 군은 놀라운 힘으로 감자를 으깼다. 벨린다 양은 사과 소스에 설탕을 넣었다. 마사는 따뜻하게 데워 둔 접시를 닦았다. 보브는 꼬마 팀을 식탁으로 데려가 자기 옆 귀퉁이 자리에 나란히 앉혔다. 어린 크래치트 남매는 모두가 앉을 수 있도록 의자를 준비했다. 자기들 의자도 잊지 않았다. 그리고 각자 자리를 지키고 앉아 자기들 차례가 오기 전에 거위를 달라고 비명을 지르는 일이 없도록 숟가락을 입 안에 밀어

넣어 두었다. 마침내 식탁이 차려졌고, 모두 감사기도를 올렸다. 그런 다음 크래치트 부인이 고기 자르는 칼을 천천히 훑어보며 거위 가슴에 쑤셔 넣을 준비를 하자 숨 막히는 정적이 흘렀다. 그러나 부인이 칼을 쑤셔 넣고 오래 기다렸던 거위 속이 쏟아져 나오자 환희의 속삭임이 식탁에서 일었다. 어린 크래치트 남매 때문에 덩달아 신이 난 꼬마 팀도 나이프 자루로 식탁을 두드리며 가냘프게나마 "만세!" 하고 외쳤다.

그런 거위는 처음이었다. 보브는 이렇게 훌륭한 거위 요리가 있다니 믿기지 않는다고 말했다. 그 부드러움과 맛과 크기와 싼 가격을 모두가 칭찬했다. 사과 소스와 으깬 감자를 곁들이니 온 가족의 저녁식사로 충분했다. 정말 그랬다. 크래치트 부인이 (접시에 놓인 아주 쪼그만 뼈 하나를 발견하고는) 결국 다 먹지 못했다고 기쁨에 겨워 말했던 것이다! 그래도 모두가 양껏 먹었다. 특히 어린 크래치트 남매는 얼굴을 눈썹까지 파묻고 세이지와 양파를 먹어댔다! 이제 벨린다 양이 접시들을 새 것으로 바꿨고, 크래치트 부인은 푸딩을 꺼내 오려고 혼자 방을 나갔다. 너무 긴장한 터라 푸딩을 꺼내는 것을 식구들이 지켜보면 못 견딜 것 같아서였다.

푸딩이 덜 익었다고 생각해보라! 꺼내다가 모양이 망가진다

면! 온 가족이 거위 요리를 먹으며 즐거워하는 동안 누군가 뒤
뜰의 담을 넘어와 푸딩을 훔쳐갔다면! ― 그저 추측일 뿐이었
지만, 어린 남매가 화가 나서 펄쩍 뛴다. 온갖 끔찍한 상황이
다 떠올랐다.

와! 어마어마한 김! 푸딩이 솥에서 나왔다. 빨래하는 날 나
는 냄새!* 그것은 옷에서 맡을 수 있는 냄새였다. 식당과 페이
스트리 가게가 붙어 있는데 그 옆에 세탁소가 있을 때 날 것
같은 냄새! 그것이 푸딩의 냄새였다! 삼십 초쯤 지나 크래치트
부인이 들어왔다. 얼굴이 벌게졌지만 푸딩을 들고 자랑스럽게
웃고 있었다. 얼룩덜룩한 대포알처럼 딴딴하고 탱탱한 푸딩은
브랜디를 살짝 끼얹고 불을 붙여 화르르 타오르고 있었고, 맨
위에는 장식으로 호랑가시나무 가지가 꽂혀 있었다.

오, 기막힌 푸딩이야! 보브가 목소리도 진지하게, 결혼 후
크래치트 부인이 만든 푸딩 중 가장 잘 된 푸딩이라고 말했다.
크래치트 부인이 이제 한시름 놓았으니 고백하겠는데, 밀가루
양이 정확했는지 자신 없었다고 말했다. 모두가 푸딩에 대해

....
* 당시 푸딩은 반죽을 천에 싼 뒤 평상시에는 세탁에 쓰이는 솥에 넣어 쪄서 만
들었다

한마디씩 했다. 그러나 아무도 이 많은 식구가 먹기에는 작지 않느냐고 말하지도 생각하지도 않았다. 그건 이단자나 할 짓이었다. 크래치트 식구라면 누구든 그런 뜻을 넌지시 비치려고만 해도 얼굴을 붉혔을 것이다.

마침내 저녁식사가 모두 끝났다. 식구들은 식탁보를 걷고 난로의 재를 쓸어내고 불을 더 지폈다. 맛을 보니 완벽하다는 말이 절로 나오는, 주전자에 담긴 혼합물과 사과, 오렌지를 식탁에 차리고 밤을 삽에 한가득 담아 불 위에 얹었다. 그런 뒤 크래치트네 가족 모두가 난로 주위에 둥그렇게 모였다. 보브 크래치트는 원이라고 했지만 실은 반원이었다. 보브 크래치트의 팔꿈치 옆에는 이 집에 있는 유리잔이 죄다 나와 있었다. 텀블러* 두 개와 커스터드를 담는 손잡이 없는 컵 하나.

그런데도 이 잔들은 황금술잔 못지않게 주전자에서 나온 뜨거운 액체를 잘 담아냈다. 보브가 환한 얼굴로 식구들에게 잔을 돌렸다. 난로에서는 밤이 탁탁 요란한 소리를 내며 쪼개졌다. 보브가 건배했다.

"사랑하는 우리 가족 모두에게 메리 크리스마스. 신이여 저

....
* 손잡이나 굽다리가 없는 잔.

희를 축복하소서!"

모든 식구가 따라 했다.

꼬마 팀이 마지막으로 말했다. "신이여 저희 모두를 축복하소서!"

꼬마 팀은 작은 걸상에 앉아 아버지 옆에 바짝 붙어 있었다. 보브는 아들을 사랑하고 곁에 계속 두고 싶다는 듯이, 빼앗길까봐 두렵다는 듯이 그 아이의 작고 쇠약한 손을 꼭 잡았다.

스크루지가 전에는 한 번도 느껴본 적 없는 호기심이 일어나 물었다 "유령님, 말해주세요. 꼬마 팀이 계속 살 수 있을까요?"

"초라한 벽난로 옆 구석에 빈 의자가 보인다. 주인 없는 목발이 정성스럽게 보관되어 있구나. 이 환영들이 앞으로도 변하지 않고 이대로라면 저 아이는 죽을 거야."

"안 돼요, 안 돼. 오, 안 돼요, 친절한 유령님! 저 아이가 계속 살 수 있다고 말해주세요."

"이 환영들이 앞으로도 이대로라면 우리 일족 중 누구도 여기서 저 아이를 보지 못할 거야. 그러면 어떤가? 죽을 것 같으면 차라리 죽어서 잉여인구를 줄이는 게 낫지."

스크루지는 고개를 떨구고 자기가 했던 말을 유령이 그대로 하는 것을 들었다. 후회와 비통함이 엄습했다.

"인간아, 너도 속으로는 사람다운 사람이라면, 돌덩이가 아니라면 잉여가 무엇인지, 그게 어디 있는지를 알아내기 전에는 그런 사악하고 위선적인 말은 삼가라. 누가 살고 누가 죽을지를 네가 정할 텐가? 저 위에서 보면 네가 이 가난한 남자의 아이와 같은 수많은 사람들보다 살려둘 가치도 없고, 살려두기에 적합하지 않을지도 모른다. 맙소사! 잎사귀 위의 벌레가 흙먼지 속의 굶주린 형제들을 보고 입이 너무 많다고 지껄이다니!"

스크루지는 유령의 꾸짖음에 고개를 숙이고 벌벌 떨면서 땅을 내려다보았다. 하지만 누군가 자기 이름을 부르는 소리를 듣고 얼른 눈을 들었다.

보브였다. "스크루지 씨! 당신 덕분에 이런 자리를 갖게 됐습니다!"

크래치트 부인이 얼굴이 벌게져서 외쳤다. "사장님 덕분이고말고요! 그분이 여기 있으면 좋겠어요. 하고 싶은 말을 실컷 퍼부어드릴 텐데, 맛있게 드시라고."

"여보, 애들이 있잖아요. 또 크리스마스이고."

"크리스마스죠, 틀림없이. 그러니까 스크루지 씨 같이 고약

하고 인색하고 무정하고 냉담한 사람의 건강을 위해 건배를 하는 거죠. 그분이 그렇다는 걸 알잖아요, 로버트! 당신만큼 그걸 잘 아는 사람은 없어요, 가엾은 양반!"

보브가 부드럽게 대꾸했다. "여보, 크리스마스잖아요."

"나는 당신을 생각해서, 또 크리스마스이니까 그분의 건강을 빌며 건배할 거예요. 그분을 위해서가 아니고요. 그분이 만수무강하시길! 즐거운 크리스마스 보내고 행복한 새해 맞으시길! 그분은 아주 즐겁고 아주 행복할 거예요, 틀림없이!"

아이들이 어머니를 따라 건배했다. 그날 순서 중 성의가 담기지 않은 것은 그것이 처음이었다. 꼬마 팀이 마지막으로 마셨지만 건성으로 시늉만 했을 따름이었다. 스크루지는 이 가족에게 괴물이었다. 스크루지의 이름이 입에 오르니 파티에 어두운 그림자가 드리워졌고, 그 그림자는 꼬박 오 분이 지나도록 사라지지 않았다.

어두운 그림자가 사라지자 크래치트 일가는 단지 스크루지라는 사악한 존재를 처리했다는 안도감만으로도 아까보다 열 배는 더 즐거워졌다. 보브 크래치트가 피터를 위해 일자리를 하나 봐두었는데 잘되면 일주일에 꼭 오 실링 육 펜스를 벌게 될 거라고 식구들에게 얘기했다. 어린 크래치트 남매는 피터가 어엿한 직장인이 된다는 생각에 숨이 넘어가게 웃었다. 막상 피터는 셔츠 깃에 파묻힌 채 생각에 잠겨 난롯불만 바라보고 있었다. 그렇게 당혹스러울 정도로 많은 돈을 벌면 어떻게 써야 할지 고민하는 듯이. 여성용 모자 가게에서 푼돈을 받으며 견습생으로 일하는 마사는 자기가 어떤 일을 하며, 한 번에 몇 시간이나 쉬지 못하고 일하는지를 얘기하면서 내일은 휴가라서 집에 있으니 아주 늦게까지 푹 잘 작정이라고 말했다. 또 며칠 전 어떤 백작 부인과 귀족 남자를 보았는데 그 남자가 피터만큼 키가 크더라고 얘기했다. 그 말에 피터가 셔츠 깃을 높이 세웠다. 어찌나 높이 세웠는지 만일 여러분이 거기 있었다면 피터의 머리가 안 보였을 게다. 그러는 내내 군밤과 주전자가 돌고 돌았다. 조금 있다가 꼬마 팀이 길을 잃고 눈 속을 헤매는 아이에 대한 노래를 들려주었다. 여리고 구슬픈 목소리로 정말이지 잘 불렀다.

이런 광경에 대단한 점은 전혀 없었다. 이 가족은 예쁘고 잘생긴 것도 아니었고, 잘 차려입지도 못했고, 신고 있는 신발은 방수가 전혀 안 되는 것이었다. 옷도 허름했다. 피터는 아마 그랬기 쉬운데, 전당포 안이 어떻게 생겼는지를 알고 있을 터였다. 그러나 그들은 행복했고, 감사했고, 서로가 좋았고, 지금 이 시간에 만족했다. 그들의 모습이 점차 사라져갔다. 유령이 떠나며 횃불로 뿌려준 밝은 빛을 받아 더욱 행복해 보이는 가운데. 그러나 스크루지는 그들, 특히 꼬마 팀에게서 끝까지 눈을 떼지 못했다.

이제 날이 저물면서 눈이 제법 많이 내렸다. 스크루지와 유령은 거리를 걸었다. 부엌, 응접실, 그 밖의 온갖 방에서 활활 타오르는 난롯불이 아주 근사했다. 이 집에서는 일렁이는 불빛에 저녁식사를 준비하는 아늑한 광경이 비쳐 보였다. 난롯불 바로 앞에서는 요리가 골고루 구워지고 있었다. 진홍빛 커튼은 언제든 드리우기만 하면 추위와 어둠을 막아 줄 터였다. 저 집에서는 아이들이 결혼한 형제자매, 사촌, 삼촌, 숙모를 서로 자기가 제일 먼저 맞겠다고 모두 눈 내리는 바깥으로 뛰어나오고 있었다. 다시 이 집에서는 모여 있는 손님들의 그림자가 창문 블라인드에 비쳤다. 또 저편에서는 하나같이 두건을 쓰고 털 부츠를 신은, 건강한 아름다움으로 빛나는 아가씨들이 다 같이 재잘거리면서 가까운 이웃집으로 발걸음도 가볍게 몰려갔다. 한편 그 집 총각은 아가씨들이 들어오는 것을 보자 가엾게도 얼굴이 시뻘겋게 달아올랐다! 아가씨들은 다 알면서도 엉큼하게 딴청을 피우는데!

그런데 여러분이 이렇게 친지를 만나러 가는 사람들이 아주 많다는 것만 가지고 판단했다면, 그런 사람들이 도착할 집에는 굴뚝의 허리까지 올라가도록 불을 피워놓고 기다리는 사람이 전혀 없을 테니 그들을 맞아줄 사람이 없겠다고 생각했을지도 모르겠다. 이 광경에 축복을 내리며 유령이 얼마나 신나라 하던지! 널따란 가슴팍을 드러내고 큼직한 손바닥을 펼쳐 이리저리 떠다니며 넉넉한 손으로 닿는 곳마다 밝고 악의 없는 즐거움을 발산하는 모습이란! 가로등에 불을 붙이는 이가 어둑어둑한 거리를 점점이 밝히며 앞서 달려갔다. 어디서 저녁을 보내려는지 잘 차려입은 그는 유령이 지나갈 때 큰 소리로 웃었다. 크리스마스 외에 다른 어떤 것이 자기와 동행하고 있음을 몰랐을 텐데도!

유령은 한마디 귀띔도 없이 스크루지를 어딘가로 데려갔다. 이제 둘은 황량하게 버려진 황무지에 서 있었다. 거인의 묘지라도 되는 듯이 거대하고 투박한 돌덩이들이 여기저기 널려 있는 곳이었다. 물은 기울어진 데라면 어디로든 흘렀다. 아니, 서리에 갇히지만 않았다면 그랬을 것이다. 이끼와 가시금작화, 제멋대로 무성하게 자란 잡초 말고 다른 식물은 없었다. 서쪽에서는 떨어지는 해가 불타는 듯 붉은 빛줄기를 뿌렸다.

그 빛줄기는 둔한 눈으로 황량한 땅을 한번 노려보더니 눈살을 찌푸리는 것처럼 낮게 더 낮게 가라앉다가 한밤의 짙은 어둠 속으로 사라졌다.

"여기가 어디죠?" 스크루지가 물었다.

"광부들이 사는 곳이지. 저 깊은 땅속에서 일하는 사람들. 그래도 저들은 나를 안다. 보아라!"

오두막 창에서 한줄기 빛이 반짝였다. 둘은 재빨리 그쪽으로 갔다. 흙과 돌로 쌓은 벽을 통과하니 활활 타는 불 주위에 모인 쾌활한 사람들이 보였다. 아주 나이가 많은 노인과 그의 아내, 그들의 자녀와 자녀의 자녀, 또 그 아래 세대까지 모두 크리스마스를 맞아 화사하고 멋지게 차려입고 있었다. 노인이 불모의 황무지에 몰아치는 바람소리에 묻혀 들릴 듯 말 듯 하는 목소리로 가족에게 크리스마스 노래를 불러주고 있었다. 노인이 아이였을 적에도 불렀던 아주 오래된 노래였다. 이따금 다른 이들도 같이 후렴을 불렀다. 다른 이들이 목소리를 높이면 노인의 목소리도 제법 쾌활해지고 커졌다. 그러다 다른 이들이 노래 부르기를 그치면 노인의 활기도 다시 가라앉았다. 영락없이 그랬다.

유령은 거기에 오래 머무르지 않았다. 스크루지에게 옷자락을 잡으라고 하더니 황무지 위를 날았다. 급히 어디로 갔을까? 바다는 아니겠지? 아니, 바다였다. 스크루지가 뒤를 돌아보니 오싹하게도 육지 끝에 기괴하게 늘어선 바위들이 보였다. 파도가 스스로 파놓은 무시무시한 동굴들 틈으로 출렁이며 우르릉대고 휘몰아쳤다. 또 삼킬 듯이 맹렬하게 땅에 덤벼들었다. 천둥 같은 파도 소리에 스크루지는 귀가 멀 것 같았다.

해안으로부터 몇 킬로미터 떨어진 곳에 일 년 내내 거세게 몰아치는 파도에 쓸리는 음울한 암초가 있다. 그 위에 홀로 솟은 등대 하나. 등대 밑동에는 해초 더미가 다닥다닥 붙어 있고, 해초가 물에서 태어나듯이 바람에서 태어난 게 아닌가 싶은 바닷새들이 그들 바로 밑의 파도처럼 등대 주변에서 솟구쳤다가 떨어졌다.

그런데 여기서도 등대를 지키는 두 남자가 불을 피워 놓았다. 두꺼운 돌벽에 난 구멍으로 밝은 빛줄기가 험난한 바다를 비추고 있었다. 두 남자는 거칠거칠한 탁자 위로 못이 박힌 손을 맞잡고 그로그*를 들며 서로 크리스마스를 즐겁게 보내라고 빌어주었다. 이번에도 둘 중에서 나이가 많고 거친 날씨에

....
* 술(원래는 럼, 나중에는 진)에 물을 탄 것. 종종 데워서 마신다.

시달려 얼굴이 낡은 배의 선수상*처럼 온통 상처와 흉터투성이인 남자가 강풍처럼 억세게 노래를 부르기 시작했다.

유령은 다시 검게 출렁이는 바다 위를 빨리 날았다. 스크루지에게 말한 것처럼 어느 해안으로부터도 멀리 떨어진 곳에 닿을 때까지 날더니 어느 배에 내려앉았다. 둘은 차례로 타륜을 잡고 있는 키잡이, 뱃머리에서 망을 보는 선원, 번을 서고 있는 사관 옆에 섰다. 각자 자리를 지키고 있는 형상들은 시커멓고 으스스했다. 그러나 저마다 크리스마스 노래를 흥얼거리거나, 크리스마스 생각을 하거나, 어서 집에 가고 싶다는 바람을 가슴에 품은 채 예전 크리스마스의 추억을 옆 사람에게 나지막이 속삭였다. 배에 탄 이들은 깨었든 잠들었든 선하든 악하든 모두가 일 년 중 이날만큼은 서로 따뜻한 말을 주고받으며 조금이나마 크리스마스 기분을 냈다. 멀리 떨어져 있는 사랑하는 이들을 떠올렸고, 그들도 자기들을 떠올리며 행복해할 것이라고 믿었다.

바람의 신음 소리를 들으면서 스크루지는 생각하고 있었다. 죽음만큼이나 심오하여 깊이를 알 수 없는 미지의 심연 위로

....
* 船首像. 배의 앞머리에 장식으로 붙이는 사람이나 동물의 상(像)

고독한 어둠을 헤치고 나아가는 건 얼마나 장엄한 일인가. 이렇게 상념에 잠긴 스크루지에게 껄껄껄 하고 들려오는 웃음소리는 참으로 놀라운 것이었다. 더욱 놀랍게도 스크루지는 그것이 조카의 웃음소리이고, 자기가 밝고 보송보송하고 환한 방에 들어와 있음을 알아차렸다. 유령은 옆에 서서 웃으면서 바로 그 조카를 흐뭇하고 온화한 눈길로 바라보았다.

"하하! 하하하!" 스크루지의 조카가 웃음을 터뜨렸다.

만일 여러분이, 그럴 리는 없을 것 같지만, 스크루지의 조카보다 더 시원하게 웃는 사람을 안다면, 내가 할 수 있는 말은 이것뿐, 나도 그 사람을 알고 싶다. 소개해달라. 사귀고 싶으니.

질병과 슬픔도 전염되지만 웃음과 쾌활함만큼 전염성이 강한 것도 없으니, 이는 공정하고 공평하고 아름다운 이치이다. 스크루지의 조카가 이렇게, 그러니까 옆구리를 잡고 머리를 까닥이면서 얼굴을 있는 대로 일그러뜨리며 웃자 스크루지의 조카며느리도 남편 못지않게 깔깔깔 웃어댔다. 거기 모인 친구들도 질세라 떠나가게 웃어젖혔다.

"하하! 하하하하!"

스크루지의 조카가 목소리를 높였다. "삼촌이 크리스마스가 헛소리라고 하셨어, 틀림없이! 게다가 정말 그렇게 믿으신다니까!"

"더욱 부끄러운 일이네요, 프레드!" 스크루지의 조카며느리가 성이 나서 말했다. 이런 여자들에게 축복이 있기를. 그들은 무엇이든 어중간하게 하는 법이 없다. 언제나 진지하다.

조카며느리는 매우 예뻤다. 대단한 미인이었다. 보조개가 패고 놀란 듯한 표정의 아리따운 얼굴. 입맞춤을 위해 만들어진 듯한, 아니 실제로 그런 게 틀림없는 탐스러운 입술. 웃으면 하나로 섞이는 턱 주위의 작고 깜찍한 점들. 그 어떤 귀여운 동물의 얼굴에서도 본 적이 없는 초롱초롱한 눈. 이 모두를 합쳐서 보면 조카며느리는 여러분이 도발적이라고 말할 만한 그런 모습이자 여러분을 흐뭇하게 만드는 모습이라고 할 수 있었다. 오, 더할 나위 없이 흐뭇해지게 하는 모습!

스크루지의 조카가 말했다.

"삼촌은 별난 노인이셔. 그건 사실이야. 즐겁게 사실 수도 있을 텐데 그러질 않으시지. 어쨌든 괴팍하게 구시는 데도 나름 대가가 따를 테니 나까지 삼촌을 나쁘게 말하고 싶지는 않아요."

스크루지의 조카며느리가 넌지시 말했다. "그분 아주 돈이 많죠, 프레드? 적어도 당신은 늘 그렇게 말했잖아요."

"그러면 뭐해요, 여보! 삼촌 돈은 삼촌께 아무 쓸모가 없어요. 그 돈으로 아무 좋은 일도 하지 않으세요. 그 돈으로 편안하게 사시지도 않아요. 우리를 도와줄까 생각하며 흐뭇해하시는 일도 없다고. 하하하!"

스크루지의 조카며느리가 말했다. "난 삼촌을 못 참겠어요." 조카며느리의 자매들도, 그리고 다른 여자들도 모두 똑같이 말했다.

스크루지의 조카가 말했다. "아니, 난 참을 수 있어! 난 삼촌이 불쌍해. 화를 내려 해도 되지 않아. 그 고약한 변덕 때문에 괴로운 게 누구지? 삼촌이야, 언제나. 봐, 삼촌은 우리를 싫어하시기로 작정하고는 우리 집에 와서 저녁을 드시려 하지 않아. 그 결과가 뭐지? 대단한 만찬을 놓치신 건 아니지만 말이야."

"아니, 삼촌은 아주 훌륭한 만찬을 놓치신 거예요." 스크루지의 조카며느리가 말을 잘랐다. 다른 이들도 모두 같은 의견이었다. 판결을 내릴 자격은 충분했다. 방금 저녁을 마치고 식탁에 후식을 올려놓은 뒤 램프 불을 밝힌 난롯가에 모여 있었기 때문이다.

스크루지의 조카가 말했다. "음! 그렇게 말해주니 무척 기쁘군. 그런데 이 젊은 주부들은 그다지 신뢰가 가지 않아서 말이야. 자네 생각은 어때, 토퍼?"

토퍼는 조카며느리의 여동생 중 하나를 마음에 두고 있는 게 분명했다. 총각이란 이런 주제에 대해 의견을 밝힐 권리가 없는 불쌍한 외톨이라고 대답한 걸 보면 그랬다. 그 말에 조카며느리의 여동생, 장미를 꽂은 여동생 말고 옷깃에 레이스 장식을 단 통통한 여동생이 얼굴을 붉혔다.

스크루지의 조카며느리가 손뼉을 쳤다. "계속해요, 프레드. 이이는 하던 말을 끝맺는 법이 없어요! 정말 실없는 양반이야!"

스크루지의 조카가 또다시 왁자하게 웃어댔다. 그 전염을 막는 것은 불가능했기에 모두가 따라서 웃음보를 터뜨렸다. 통통한 처제는 향식초의 내음을 맡으며 애써 참아보려 했지만 허사였다.

스크루지의 조카가 말했다. "그러니까 내가 하려던 말은, 삼촌은 우리를 싫어하시고 우리와 함께 즐기시려 하지 않는 탓에 당신에게 아무런 해가 되지 않는 즐거운 순간을 놓치신다는 거지. 곰팡이 핀 낡은 사무실이나 먼지투성이 집 안에서 생각에 빠져 지내시느니 사람들과 어울리면 틀림없이 훨씬 유쾌하실 텐데. 나는 삼촌이 좋아하시든 싫어하시든 해마다 같은 기회를 드릴 생각이야. 삼촌이 불쌍하니까. 어쩌면 삼촌은 돌아가실 때까지 크리스마스를 욕하실지도 몰라. 하지만 두고 보라고. 내가 해마다 기분 좋게 찾아가서 안녕하시냐고 인사하면 스크루지 삼촌도 크리스마스를 좀 더 좋게 생각하지 않으실 수 없을 걸. 그래서 그 불쌍한 직원에게 오십 파운드라도 유산으로 남겨주겠다는 마음이 삼촌에게 생긴다면, 그건 대단한 일이잖아? 그리고 사실은, 내가 어제 삼촌의 마음을 좀 흔들어놓은 것 같아."

스크루지의 마음을 흔들어놓았다니, 이번에는 다른 사람들이 웃을 차례였다. 그러나 조카는 워낙에 성격이 좋은 데다 사람들이 웃기만 한다면야 무슨 이유로 웃든 그다지 상관하지 않았으므로 더욱 흥을 돋우면서 신나게 술병을 돌렸다.

사람들은 차를 마신 뒤 음악을 즐겼다. 본래 음악을 좋아하는 가족이고, 장담하건대, 합창이나 돌림노래를 할 때 자기가 해야 하는 역할을 모두 잘 알고 있기 때문이었다. 특히 토퍼는 뛰어난 베이스 가수처럼 으르렁거리듯 저음을 내면서도 이마에서 힘줄이 솟아오르거나 얼굴이 시뻘게지지 않았다. 스크루지의 조카며느리는 하프를 멋지게 뜯었다. 연주곡 중에 간단한 소곡(정말 쉽다. 여러분도 이 분 만에 휘파람으로 불 수 있다)이 있었는데 과거의 크리스마스 유령이 보여준, 스크루지를 데려가려고 기숙학교로 온 아이가 잘 부르던 곡이었다. 그 선율이 울려 퍼지자 유령이 그동안 보여준 모든 장면들이 떠올라 스크루지는 점점 더 누그러졌다. 그리고 몇 년 전부터라도 이 노래를 자주 들었더라면 제이컵 말리를 땅에 묻을 때 쓰인 교회지기의 삽을 빌리지 않고 내 손만으로도 내 행복을 위해 인정 넘치는 삶을 일굴 수 있었을 텐데 하고 생각했다.

사람들은 온 저녁을 음악에 다 쓰지는 않았다. 잠시 후 벌금놀이가 시작되었다. 가끔 아이가 되어보는 것은 좋은 일인 데다, 그렇게 하기에 크리스마스를 있게 한 위대한 그분 스스로가 아이였던 오늘보다 더 좋은 때는 없으니까. 잠깐! 까막잡기를 먼저 했다. 아무렴, 그게 먼저여야지. 나는 차라리 토퍼의 부츠에 눈이 달렸다고 믿지 토퍼가 진짜로 앞이 보이지 않았다고 믿지 않는다. 내 생각에 토퍼와 스크루지의 조카 사이에 무언가 오간 게 있는 듯했다. 현재의 크리스마스 유령도 그걸 아는 것 같았다. 토퍼가 레이스 장식을 단 통통한 아가씨를 쫓아다니는 꼴을 보니 인간의 잘 믿는 속성에 대한 배신이 따로 없었다. 토퍼는 난로용 철물을 쓰러뜨리고, 의자에 걸려 넘어지고, 피아노에 부딪치고, 커튼에 파묻히면서 아가씨가 가는 곳은 어디든 따라갔다. 언제나 통통한 아가씨가 어디에 있는지를 알고 있었다. 다른 사람은 잡으려들지 않았다. 만일 여러분이 (그들 중 누군가 그랬듯이) 일부러 토퍼에게 부닥친 뒤 그 자리에 서 있었다 해도, 여러분은 기분이 좀 상했을 테지만 토퍼는 잡는 척 시늉만 하다가 곧장 통통한 아가씨가 있는 쪽으로 슬금슬금 옆걸음질 쳤을 것이다. 아가씨는 이따금씩 공평하지 않다고 소리쳤다. 정말 그랬다. 그러나 마침내 토퍼가 아가씨를 잡았을 때, 그러니까 아가씨가 비단옷을 바스락거리며 재빨리 그의 곁을 파드닥 스쳐가려고 했지만 도망칠 곳 없는 구석으로 몰려버렸을 때 그가 한 행동이 제일 가관이었다. 잡힌 사람이 누구인지 모르는 척하면서 어쩔 수 없다는 듯 머리장식을 건드리고, 그것도 모자라 누구인지 확인한다며 손가락에 낀 반지와 목에 건 목걸이를 더듬은 것이다. 야비하고 형편없게도! 당연히 아가씨는 다른 이가 술래를 하는 동안 토퍼에게 그 행동에 대한 자기 생각을 말했다. 커튼 뒤에서 둘만 은밀히 있는 가운데.

스크루지의 조카며느리는 까막잡기에 끼지 않았다. 유령

과 스크루지가 서 있는 곳 바로 앞 아늑한 구석의 큼직한 의자에 앉아 발받침 위에 발을 올려놓고 편안히 있었다. 하지만 지면 벌금을 내는 놀이에는 참여했다. 알파벳 중 어느 하나의 문자로 시작하는 단어들로 이야기를 만드는 놀이를 알파벳의 모든 문자로 멋지게 해냈다. 또 '어떻게, 언제, 어디서'라는 게임도 아주 잘해서 여동생들을 납작하게 만들어버렸다. 토퍼에게 물어봤다면 여동생들도 영리하다고 했을 텐데도. 스크루지의 조카는 아내의 활약에 표를 내지는 않았지만 좋아라했다. 거기에는 스무 명쯤 있었는데 나이가 많든 적든 모두 놀이에 참여했다. 스크루지도 예외는 아니었다. 눈앞에서 벌어지는 일에 열중한 나머지 자기 목소리가 그들 귀에 안 들린다는 사실을 까맣게 잊고 이따금 꽤 큰 소리로 자기가 짐작하는 답을 말했다. 그런데 곧잘 맞히는 것이었다. 왜냐면 최고로 예리한 바늘, 즉 바늘귀가 절대 부러지지 않는다는 최고급 화이트채플 바늘이라도 스크루지보다 예리하지는 못하니까. 하긴 그것도 스크루지가 뭉툭하다고 생각해버리면 그만이었다.

유령은 스크루지가 이렇게 좋아하는 것을 보니 매우 기뻤다. 그래서 흐뭇한 눈으로 바라보고 있으려니 손님들이 갈 때까지 여기에 있게 해달라고 스크루지가 아이처럼 졸라댔다.

하지만 유령은 그럴 수 없다고 말했다.

스크루지가 말했다. "새 게임을 시작하네요. 삼십 분만요, 유령님. 딱 삼십 분만!"

그것은 '예, 아니요'라는 놀이였는데, 스크루지의 조카가 무언가를 생각하면 나머지 사람들이 그게 뭔지를 알아맞혀야 했다. 조카는 사람들의 질문에 '예'나 '아니요'로만 답할 수 있었다. 질문이 쉴 새 없이 쏟아졌고 조카가 생각하고 있는 것이 동물임이 밝혀졌다. 그것은 살아있는 동물인데 다소 유쾌하지 않은 동물이고, 사나운 동물이고, 때로 으르렁거리거나 툴툴거리고, 때로 말을 하고, 런던에 살고, 거리를 걸어 다니고, 구경거리가 아니고, 누군가에게 끌려 다니지 않고, 동물원에서 살지 않고, 그 고기를 시장에서 파는 것도 아니고, 말도 아니고, 당나귀도 암소도 수소도 아니고, 호랑이도 개도 아니고, 돼지도 고양이도 곰도 아닌 동물이었다. 새로운 질문을 받을 때마다 조카는 여지없이 폭소를 터뜨렸다. 우스워서 죽겠는지 소파에서 일어나 발을 굴렀다. 마침내 통통한 아가씨가 스크루지의 조카와 비슷한 증세를 보이더니 외쳤다.

"알았어요! 뭔지 알겠어요, 프레드! 난 뭔지 알아요!"

프레드가 소리쳤다. "뭔데?"

"형부의 삼촌 스크루우우우지!"

과연 그랬다. 다들 감탄하는 눈치였다. "곰인가요?"라는 질문에 대한 답이 "예"였어야 했다며 이의를 제기하는 사람들도 있긴 했다. 답이 스크루지가 아닐까 생각한 사람에게는 곰이 아니라는 대답이 생각을 다른 데로 돌리게 하기에 충분했다나.

프레드가 말했다. "삼촌이 우리를 아주 즐겁게 해주셨군. 분명히 그래. 그러니 그분의 건강을 위해 건배하지 않는 것은 은혜를 저버리는 일이지. 마침 우리 손에 데운 포도주가 있군. 자, 스크루지 삼촌을 위하여!"

사람들이 소리쳤다. "그래요! 스크루지 아저씨를 위하여!"

스크루지의 조카가 말했다. "삼촌이 어떤 분이시든, 크리스마스 즐겁게 보내시고 새해 복 많이 받으세요! 물론 제 인사를 받으려고 하지 않으실 테지요. 그래도 어쨌든 복 받으세요, 스크루지 삼촌!"

스크루지 삼촌은 어느 샌가 즐거워졌고, 마음이 가벼워졌다. 그래서 유령이 시간만 주었더라면 그들은 알지 못하더라도 답례로 건배를 하고 그들에게는 들리지 않는 목소리로 고마움을 표시했을 것이다. 그러나 그 모든 장면이 조카가 마지막 말을 내뱉는 순간 사라져버렸다. 스크루지와 유령은 다시 여행길에 올랐다.

　많은 것을 보고, 멀리 가고, 여러 집을 찾았는데 그때마다 끝은 행복했다. 유령이 병상 옆에 서 있으면 병자들은 기운이 났다. 유령이 다른 나라에 나가 있는 사람들 옆에 서 있으면 그들은 집이 가까워진 것처럼 느꼈다. 유령이 고난에 몸부림치는 사람들 옆에 서 있으면 그들은 더 큰 희망을 품고 참아냈다. 유령이 가난한 사람들 옆에 서 있으면 그들은 풍요로워졌다. 빈민구호소든 병원이든 감옥이든, 허영에 찬 인간이 보잘것 없는 잠깐의 권력을 믿고 문을 굳게 잠가 유령이 들어오지 못하게 하지 않는, 가련한 이들의 피난처라면 어디에서든 유령은 축복을 내렸고, 그렇게 해서 스크루지에게 가르침을 주었다.

　그것은 긴 밤이었다. 그것이 고작 하룻밤이었다면 말이다. 그러나 스크루지는 의심스러웠다. 유령과 함께 보낸 시간에 크리스마스 명절* 전체가 압축된 것처럼 여겨졌기 때문이었다. 또 이상한 것은, 스크루지는 겉모습이 변하지 않고 그대

....
* 디킨스가 살던 시대에 크리스마스 명절은 크리스마스부터 주현절 전날인 1월 5일까지 열이틀이었다.

로 있는데 유령은 점점 더 눈에 띄게 늙어간다는 점이었다. 스크루지는 이런 변화를 알아챘지만 아이들이 벌인 주현절 전야 파티 장소를 뜰 때까지 그런 사실을 입 밖으로 꺼내지 않았다. 파티를 떠나고 보니 둘은 사방이 트인 곳에 함께 서 있었는데, 그때 스크루지는 유령의 머리칼이 하얗게 센 것을 보았다.

"유령의 삶은 원래 그렇게 짧은가요?" 스크루지가 물었다.

"이 세상에서 내 삶은 아주 짧지. 오늘밤에 끝난다."

"오늘밤이라고요!" 스크루지가 소리쳤다.

"오늘밤 자정이지. 잘 들어라! 그 시각이 가까워지고 있어."

그 순간 차임이 열한 시 사십오 분을 알렸다.

스크루지가 유령의 옷자락을 뚫어지게 보며 말했다. "제 질문이 주제넘다면 용서하세요. 하지만 이상한 게 보여요. 유령님 몸 같지는 않은데 옷자락 밖으로 튀어나와 있어요. 이건 발인가요, 발톱인가요?"

"발톱일 테지. 살로 덮여 있으니." 유령의 대답이 서글펐다. "여길 봐라."

유령이 옷자락 속에서 두 아이를 꺼냈다. 불쌍하고 극도로 비참하고 끔찍하고 불쾌하고 가련한 모습이었다. 아이들은 유령의 발치에서 무릎을 꿇고 유령의 옷자락 바깥쪽을 꽉 붙잡앉다.

유령이 소리 질렀다. "오, 이런! 여길 봐! 여기, 여기, 아래쪽!"

사내아이와 여자아이였다. 얼굴이 누렇고 깡마른 몸에 누더기를 걸쳤는데, 노려보는 모습이 꼭 늑대 같았다. 그런데 굴종하는 듯 엎드려 있었다. 아름다운 젊음이 얼굴을 가득 채우고 그 싱싱한 빛깔로 어루만져 놓았어야 하련만, 늙은이의 손 같은 메마르고 쪼그라진 손이 그 둘을 비틀고 갈가리 찢어놓은 것 같았다. 천사가 앉아 있어야 할 자리에 악마가 도사리고 앉아서 위협적인 눈빛으로 쏘아보고 있었다. 경이롭고 신비로운 창조 과정을 거쳐 생겨난 사람의 인간성이 아무리 변하고 타락하고 왜곡된다 해도 그 둘의 절반만큼이라도 무시무시하고 소름끼치는 괴물이 되지는 못하리라.

스크루지는 겁에 질려 흠칫 물러섰다. 이렇게 아이들을 보여주었으니 귀여운 아이들이라고 말해주려고 했지만, 그런 엄청난 거짓말에 협조할 수 없다는 듯 말이 목에 걸렸다.

"유령님! 얘들은 당신의 아이들입니까?" 스크루지는 이것 말고는 달리 할 말이 없었다.

유령이 아이들을 내려다보며 말했다. "인간의 아이들이지.

제 아비를 떠나 나에게 매달리며 애원하고 있다. 사내아이는 '무지'이고 여자아이는 '빈곤'이다. 둘 다 철저히 조심해야 한다. 하지만 무엇보다 이 사내아이를 조심하라. 이마에 '파멸'이라고 쓰여 있는 게 보일 거다. 이 글자가 지워지지 않는 이상 조심해야 한다. 무지를 거부하라!" 유령은 도시를 향해 손을 뻗으며 외쳤다. "너희에게 이렇게 경고하는 이들을 욕하라! 당파적인 목적으로 무지를 용인해서 사태를 더욱 나쁘게 만들어라! 그리하여 종말을 맞아라!"

스크루지가 소리쳤다. "이 아이들이 몸을 맡길 곳이나 지원책은 없나요?"

"감옥이 없는 거요? 구빈원은?" 유령이 스크루지가 했던 말을 그대로 하며 마지막으로 스크루지를 돌아보았다.

시계가 열두 시를 치기 시작했다.

스크루지는 주위를 두리번거리며 유령을 찾았지만 보이지 않았다. 마지막 종소리의 떨림이 멈추자 제이컵 말리가 한 예언이 떠올랐다. 눈을 들어보니 축축 늘어진 옷에 두건을 뒤집어쓴 엄숙한 모습의 유령이 안개가 땅을 뒤덮듯이 다가오고 있었다.

131

제4장

세 유령 중 마지막

유령은 천천히 엄숙하게 소리 없이 다가왔다. 유령이 가까이 오자 스크루지는 무릎을 꿇었다. 유령이 자기가 헤치고 온 바로 그 공기 속에 음울함과 신비함을 흩뿌리는 듯했기 때문이다.

유령은 칠흑처럼 검은 옷을 뒤집어쓰고 있었다. 머리며 얼굴, 몸의 윤곽이 모두 옷에 가려져 보이지 않았다. 다만 쑤욱 내민 손 하나가 보일 뿐이었다. 그 손이 없었다면 유령의 형상을 밤으로부터 떼어내기가, 그러니까 유령과 유령을 둘러싸고 있는 어둠을 분리하기가 어려웠을 것이다.

스크루지는 유령이 옆에 와서 서자 이 유령이 키가 크고 풍

채가 당당함을 알아차리고 그 신비스런 존재가 주는 위압감에 두려움을 느꼈다. 그 이상은 알 수 없었다. 유령이 말을 하지도, 움직이지도 않았기 때문이었다.

"지금 제가 '앞으로 올 크리스마스'의 유령님 옆에 있는 건가요?" 스크루지가 물었다.

유령은 대답하지 않고 손으로 앞을 가리켰다.

스크루지가 계속해서 말했다. "당신은 아직 일어나지 않았지만 앞으로 일어날 일의 환영을 제게 보여주려는 참인가요? 그런가요, 유령님?"

유령이 고개를 숙이기라도 했는지 입고 있는 옷의 윗부분이 잠깐 쭈그러들면서 접혔다. 그것이 스크루지가 받은 유일한 답이었다.

이제는 유령과의 동행에 아주 익숙해진 터였지만 스크루지는 말 없는 이 형상이 너무 무서워 다리가 덜덜 떨렸다. 유령을 따라갈 준비를 하는데 서 있기조차 힘들었다. 유령이 잠시 멈추어 서서 스크루지의 상태를 살펴보더니 몸을 추스를 시간을 주었다.

그러나 이 때문에 스크루지는 더욱 상태가 나빠졌다. 거무스름한 수의 안에 자기를 뚫어져라 보는 유령의 눈동자가 있다는 걸 알아차리자 흐릿하고 불확실한 공포로 몸이 떨려왔다. 그러나 아무리 눈을 부릅떠도 유령의 손 하나와 검고 커다란 하나의 덩어리밖에 보이지 않았다.

스크루지가 소리쳤다. "미래의 유령님! 지금껏 본 유령 중 당신이 제일 무섭습니다. 하지만 당신의 목적은 저에게 이로운 일을 하려는 것임을 알기에, 또 저는 이제까지와는 다른 사람으로 살고 싶기에 당신과의 동행을 견뎌낼, 그것도 고마운 마음으로 견뎌낼 준비가 되어 있습니다. 그래도 제게 말씀을 하지 않으시렵니까?"

유령은 대답하지 않았다. 손은 곧장 앞을 가리키고 있었다.

스크루지가 말했다. "앞장서십시오! 앞장서세요! 이 밤이 빠르게 가고 있고, 제게 소중한 시간이라는 것을 압니다. 앞장서세요, 유령님!"

유령은 스크루지에게 다가왔을 때처럼 스르르 멀어졌다. 스크루지는 유령의 옷이 드리운 그림자에 묻혀 따라갔다. 스크루지가 느끼기에는 그 그림자가 자기를 들어올려 나르는 것 같았다.

둘이 런던 시내로 갔다고 하기는 어려웠다. 시내가 주위에서 불쑥 솟아나와 둘을 에워싼 것 같았기 때문이다. 어쨌든 둘은 런던 시내 한가운데 있는 거래소에서 상인들 사이에 끼어 있었다. 상인들은 이리저리 바삐 움직였다. 주머니에 든 돈을 짤랑거리고, 무리 지어 얘기를 나누고, 시계를 들여다보고, 생각에 잠겨 금으로 만든 커다란 인장을 만지작거리는 등 스크루지가 자주 보던 대로였다.

유령은 사업가 몇 명이 모여 있는 곳에 갔다. 유령의 손이 그들을 가리키는 것을 보고 스크루지는 그들이 나누는 얘기를 들으러 바싹 다가섰다.

"아니, 어차피 난 잘 몰라, 그 양반이 죽었다는 것만 알아." 턱이 별스럽게 크고 몹시 뚱뚱한 남자가 말했다.

다른 이가 물었다. "언제 죽은 거야?"

"어젯밤인 것 같아."

세 번째 남자가 아주 큰 코담뱃갑에서 코담배를 엄청나게 많이 꺼내며 물었다. "저런, 어떻게 된 거야? 절대 안 죽을 것 같더니만."

첫 번째 남자가 하품을 하며 말했다. "누가 알겠어."

붉은 얼굴에 코끝에 달린 혹이 칠면조 목살처럼 덜렁덜렁하는 신사가 물었다. "돈은 어떻게 했대?"

턱이 큰 남자가 또 하품을 하며 말했다. "그 얘긴 못 들었는데. 회사 앞으로 남겼겠지, 아마. 내게는 안 남겼네. 내가 아는 건 그게 다야."

이 실없는 얘기에 모두들 웃음을 터뜨렸다.

그 사람이 또 말했다. "아주 싼값에 장례를 치르게 생겼어. 맹세컨대 내가 아는 사람 중 장례식에 가겠다는 사람이 없으니 말이야. 우리가 함께 가볼까?"

코에 혹이 달린 신사가 말했다. "점심을 준다면야 괜찮지. 하지만 꼭 줘야 돼, 내가 가려면 말일세."

또 웃음이 터졌다.

첫 번째 남자가 말했다. "음, 그렇다면 내가 우리 중에서 가장 사심이 없는 사람이겠군. 나는 검은 장갑*을 끼지도 않고, 점심을 먹지도 않을 거니까. 하지만 누군가 가야 나도 갈 거야. 가만 생각해보니, 내가 그 사람의 가장 각별한 친구가 아니었다고 말하기도 어렵단 말일세. 우리는 만나면 꼭 멈춰 서서 말을 나눴으니까. 그럼 잘들 가게!"

말을 하던 이도 듣던 이도 모두 슬슬 흩어지더니 다른 무리와 섞였다. 스크루지는 이 남자들을 알고 있었다. 그래서 설명

....
* 조문객에게 검은 장갑을 제공하는 것이 당시 영국 장례식의 풍습이었다.

을 구하려 유령을 바라보았다.

유령은 미끄러지듯 거리로 나섰다. 유령의 손가락이 길에서 만나고 있는 두 사람을 가리켰다. 스크루지는 여기서 설명을 들을 수 있으리라 생각하며 다시 귀를 기울였다.

스크루지는 이 남자들도 아주 잘 알고 있었다. 둘 다 아주 돈이 많고 세력도 대단한 사업가였다. 스크루지는 언제나 그들에게 잘 보이려 애썼더랬다. 그러니까 사업의 관점에서, 오직 사업의 관점에서만.

한 사람이 말했다. "안녕하신가?"

다른 이가 대꾸했다. "자네도?"

첫 번째 사람이 말했다. "안녕하지! 그나저나 그 마귀 같은 노인네가 결국 저 세상으로 갔다면서?"

두 번째 남자가 대답했다. "그랬다고 들었네. 춥군, 안 그런가?"

"크리스마스이니 당연하지. 자네는 스케이트를 안 타지, 아마?"

"응, 안 타네. 다른 일이 있어서 이만. 잘 가게!"

다른 말은 없었다. 둘은 그렇게 만나 몇 마디 나누고 헤어졌다.

처음에 스크루지는 그렇게 사소하기 짝이 없는 대화에 유령이 중요한 의미를 부여하는 것이 놀라웠다. 그러나 틀림없이 숨은 뜻이 있으리라 믿고 그것이 무엇일까 곰곰이 생각해보았다. 그 대화가 스크루지의 옛 동업자인 제이컵의 죽음을 말하는 것일 리는 만무했다. 그 일은 과거인데 이 유령의 영역은 미래였으니까. 그렇다고 자기와 직접 관련이 있는 사람 중 그 대화가 적용될 만한 다른 누군가가 떠오르지도 않았다. 그러나 그 대화가 누구에게 적용되든 간에 자기가 더 나은 사람이 될 수 있게 해줄 교훈이 거기에 숨어 있으리라고 철썩 같이 믿고, 자기가 듣고 본 것을 하나하나 마음에 새기기로 마음먹었다. 특히 자기의 환영이 나타나면 잘 살펴보기로 결심했다. 미래의 자기가 하는 행동을 보면 놓친 단서를 찾아서 이 수수께끼를 쉽게 풀 수 있으리라 기대했기 때문이었다.

스크루지는 자기의 모습을 찾아 좀 전의 장소를 두리번거렸다. 하지만 자기가 곧잘 서 있던 자리에는 다른 남자가 서 있었다. 시계를 보니 자기가 보통 여기에 있을 시간이었지만 현관으로 쏟아져 들어오는 많은 사람들 중에 자기 비슷한 사람은 없었다. 그렇다고 많이 놀라지는 않았다. 스크루지는 다른 삶을 살리라 마음먹었으므로 새로운 결심이 실행된 것을 이번 환영에서 보리라 생각하고 또 희망했기 때문이었다.

시커먼 모습으로 조용히, 그리고 여전히 손을 쑥 내민 채 유령이 스크루지 옆에 서 있었다. 깊은 상념에서 깨어난 스크루지는 유령의 손이 다른 곳을 가리키는 것을 보았다. 그 움직임을 자신의 위치와 연관시켜보니 유령의 보이지 않는 두 눈이 자기를 날카롭게 쏘아보고 있다는 생각이 들었다. 그러자 몸서리가 쳐지면서 한기가 들었다.

둘은 분주한 장소를 떠나 런던의 후미진 지역으로 갔다. 스크루지는 그곳의 상황과 나쁜 평판을 알고 있었지만 한 번도 그곳을 지나간 적은 없었다. 길은 더럽고 좁았다. 가게와 집은 처참할 정도였다. 사람들은 헐벗고 취한 채 아무렇게나 흐트러진 추한 모습이었다. 골목길이나 아치가 덮인 길은 저마다 시궁창이라도 되는 듯 악취와 오물과 일상의 쓰레기를 이리저리 마구 뿜은 거리로 게워냈다. 그 지역 전체가 범죄와 더러움과 비참함의 냄새를 풍겼다.

이 악명 높은 빈민굴의 깊숙한 곳에 외쪽지붕 아래로 나지막한 입구가 툭 튀어나온 가게가 있었다. 철물, 넝마, 병, 뼈와 기름기가 많은 동물의 내장을 파는 곳이었다. 가게 안 바닥에는 녹슨 열쇠, 못, 사슬, 경첩, 줄, 저울, 추 같은 온갖 종류의 고철이 무더기무더기 쌓여 있었다. 산처럼 쌓인 보기 흉한

넝마, 썩은 비계, 뼈 무더기에서는 사람들이 굳이 캐내고 싶어
하지 않을 비밀들이 자라나 숨어 있었다. 낡은 벽돌로 만든 목
탄난로 옆에 족히 일흔 살은 됐음직한 흰 머리칼의 악한이 자
기가 취급하는 물건들에 둘러싸여 앉아 있었다. 냉기를 막으
려고 줄에 이것저것 잡다한 넝마를 매달아 만든 너저분한 장
막을 쳐둔 채 고요한 은둔생활의 호사를 누리며 파이프 담배
를 뻐끔거렸다.

　스크루지와 유령은 그 남자 옆으로 다가갔다. 때마침 묵직
한 꾸러미를 든 여자가 가게로 슬그머니 들어왔다. 그런데 그
여자가 들어오자마자 비슷한 짐을 든 다른 여자가 또 들어왔
다. 이어 색이 바랜 검은 옷을 입은 남자가 그 뒤를 바짝 쫓아
들어왔다. 두 여자가 서로를 알아보고 놀란 것 못지않게 남자
도 여자들을 보고 깜짝 놀랐다. 셋은 어안이 벙벙해졌다. 파이
프를 입에 문 노인도 마찬가지였다. 그렇게 잠시 정적이 흐르
더니 셋이 다 같이 웃음을 터뜨렸다.

　맨 처음 들어온 여자가 외쳤다. "파출부가 일등! 세탁부가
이등, 장의사가 삼등이에요. 이것 봐요, 조 영감, 땡잡으셨네!
꼭 약속이라도 한 것처럼 셋이 여기서 만나다니!"

　조가 물고 있던 파이프를 꺼내 들고 말했다. "자네들이 만

나기에 이보다 더 좋은 장소가 있을라고. 응접실로 들어오게. 자네야 진작부터 드나들던 곳이고 다른 두 사람도 처음은 아니지. 내가 가게 문 닫을 때까지 꼼짝 말고 있어. 아! 삐걱거리는 소리 한번 요란하네! 여기에 이 문에 달린 경첩만큼 녹슨 물건도 없을 거야. 물론 내 뼈만큼 오래된 뼈도 없지. 하하! 이것들에게나 나에게나 본분에 꼭 들어맞지. 아주 잘 어울려. 응접실로 들어오게. 응접실로 들어와."

응접실이란 넝마로 만든 장막 뒤의 공간이었다. 노인은 양탄자 누르개*로 불을 긁어모았다. 그리고 (이제 밤이었으므로) 연기가 나는 램프의 심지를 파이프대로 다듬더니 다시 파이프를 입에 물었다.

노인이 그러는 동안 아까 입을 열었던 여자가 바닥에 꾸러미를 던져놓고 걸상에 으스대듯이 앉았다. 그러고는 무릎 위로 팔짱을 끼더니 도전장을 내밀듯 다른 두 사람을 대담하게 바라보았다.

여자가 말했다. "뭐가 어쨌다는 거예요? 뭐가 문제죠, 딜버부인? 사람들은 저마다 스스로를 돌볼 권리가 있어요. 그자는

....
* 계단에 깐 양탄자를 움직이지 못하게 눌러놓는 막대.

언제나 그랬다고요!"

세탁부가 말했다. "그럼요, 그렇고말고요! 그 사람보다 더한 사람이 있으려고요."

"그렇다면, 그렇게 서서 겁먹은 듯한 얼굴로 보지 말아요, 아주머니. 누가 더 현명할까요? 우리가 지금 서로 흠이나 잡자는 건 아닐 텐데?"

딜버 부인과 남자가 동시에 말했다. "아니죠, 아니고말고요! 그래서는 안 되죠."

여자가 외쳤다. "아주 좋아요! 이젠 됐어요! 이런 물건 몇 가지 없어졌다고 누가 손해를 보겠어요? 죽은 사람은 그러지 않을 테고."

딜버 부인이 웃음을 터뜨렸다. "않고말고요."

여자가 말을 이었다. "못된 구두쇠영감 같으니. 죽은 뒤에도 이런 물건들을 지키고 싶었으면 생전에 좀 바르게 살지. 그랬으면 죽음이 닥쳤을 때 돌봐줄 누군가가 있었을 텐데. 거기 혼자 누워서 마지막 숨을 몰아쉬지 않았을 텐데."

딜버 부인이 말했다. "듣던 중 가장 옳은 말이군요. 그 양반은 심판을 받은 거예요."

여자가 대꾸했다. "조금 더 무거운 심판이었으면 좋았을 텐데. 그랬어야 하는데. 정말로. 다른 물건에도 손을 댈 수 있었다면 난 그렇게 했을 거야. 꾸러미를 펴봐요, 조. 얼마치나 되는지 알려줘요. 똑똑히 말해줘요. 내 걸 먼저 풀어도 상관없어요. 저 사람들이 보고 있어도 상관없고. 다들 여기서 만나기 전에 슬쩍한 것을 가져왔다는 걸 아주 잘 아니까. 이건 죄가 아니에요. 꾸러미를 펼쳐요, 조."

그러나 여자의 용감한 친구들이 조가 그렇게 하도록 놔두지 않았다. 빛바랜 검은 옷을 입은 남자가 훔쳐온 물건을 앞장서서 꺼내 보였다. 많지는 않았다. 인장 한두 개, 필통, 커프스 단추 한 쌍, 별로 값나갈 것 같지 않은 브로치가 다였다. 조는 물건을 하나하나 살펴보고 뜯어보았다. 그러면서 각각에 대해 줄 수 있는 금액을 분필로 벽에 적어가다가 더 나올 게 없으면 합계를 냈다.

조가 말했다. "이게 자네가 받을 돈이야. 나를 잡아먹는대도 한푼도 더는 못 줘. 다음은 누구지?"

다음 차례는 딜버 부인이었다. 침대보와 수건, 옷가지 조금, 모양이 구식인 은 찻숟가락 두 개, 각설탕 집게, 장화 몇 켤레. 딜버 부인이 받을 돈도 똑같은 식으로 벽에 적혔다.

조가 말했다. "나는 언제나 숙녀들에게 너무 많이 줘. 이게 내 약점이야. 이래서 손해를 봐. 이게 당신이 받을 돈이야. 한 푼이라도 더 달라고 이의를 제기하면 인심 쓴 걸 후회하고 반 크라운을 깎을 거야."

첫 번째 여자가 말했다. "이제는 내 짐을 풀어요, 조."

조는 좀 더 편하게 짐을 풀려고 무릎을 꿇었다. 여러 번 꽁 꽁 묶인 매듭을 풀고 둘둘 말린 커다랗고 묵직한 시커먼 물건 을 끌어냈다.

조가 말했다. "이건 뭐야? 침대 커튼?"

"아, 침대 커튼 맞아요!" 여자가 팔짱을 낀 채로 몸을 앞으 로 내밀면서 웃었다.

조가 말했다. "그걸 고리까지 다 뜯어냈다는 말은 아니겠 지? 거기 그자가 누워 있는데 말이야."

"맞아요. 그러면 안 되나요?"

"부자가 될 자질이 있구먼. 틀림없이 부자가 되겠어."

"나는, 손만 뻗으면 뭐든 가질 수 있는데 그런 남자 때문에 손을 놓고 있는 일은 절대로 없을 거예요. 약속해요, 조." 여자 가 냉정하게 대꾸했다. "저런, 그 기름, 담요에 떨어뜨리지 말 아요."

조가 물었다. "그 사람 담요야?"

여자가 대답했다. "그럼 누구 거겠어요? 그 사람은 이제 그게 없어도 감기에 걸리지 않을 것 같은데요, 아마도."

조가 일손을 멈추고 올려다보았다. "전염병 같은 걸로 죽은 건 아니겠지? 응?"

"그건 걱정 마세요. 난 그 사람과 같이 있는 걸 썩 좋아하지 않았거든요. 그런데 그 사람이 전염병에 걸려 죽은 거라면 내가 이런 것 때문에 얄짱거렸겠어요? 아! 셔츠 살펴보다 눈 빠지시겠네. 구멍 따윈 없어요. 해지려는 곳도 없고요. 이건 그 양반 것 중 제일 좋은 거예요, 좋은 물건이기도 하고. 내가 챙기지 않았으면 그 셔츠는 헛되이 사라졌겠지."

조가 물었다. "헛되이 사라지다니, 무슨 뜻이야?"

여자가 웃음을 터뜨리며 대꾸했다. "그 옷을 입은 채로 묻혔겠죠, 틀림없이. 실제로 어떤 바보가 입혀놨는데 내가 다시 벗겼어요. 그런 데는 옥양목이면 충분하지. 안 그럼 옥양목을 어디다 쓰나? 시체하고도 아주 잘 어울려요. 그 양반은 옥양목을 입었을 때보다 더 추해보이기도 힘들 테니까."

스크루지는 공포에 떨며 이 대화를 들었다. 그들이 노인의 램프에서 새어나오는 희미한 불빛 속에 모여 앉아 훔쳐온 것들을 늘어놓고 있는 모습을 스크루지는 증오와 혐오감 속에 바라보았다. 그들이 시체 자체를 사고파는 역겨운 악마들이라 해도 그 느낌이 더 심할 수는 없었으리라.

조가 돈이 담긴 플란넬 가방을 꺼내더니 물건 값으로 치를 돈을 바닥에 꺼내어 놓고 세기 시작하자 방금 말을 한 여자가 웃음을 터뜨렸다. "하하! 봐, 이렇게 끝나는군! 살았을 적엔 누구에게든 겁을 잔뜩 줘서 얼씬도 못 하게 하더니 죽고 나서 우리에게 득이 되는구먼! 하하하!"

스크루지가 머리부터 발끝까지 덜덜 떨며 말했다. "유령님! 알겠습니다, 알겠어요. 제가 이 불행한 남자처럼 될 수도 있겠군요. 지금 같아선 그렇게 되기 쉽지요. 자비로우신 하느님, 이게 뭡니까!"

그러고는 소스라치게 놀라 뒷걸음질 쳤다. 장면이 바뀌어 하마터면 침대에 부딪힐 뻔했기 때문이다. 이불도 커튼도 없는 침대였다. 침대 위에는 너덜너덜한 침대보를 뒤집어 쓴 무언가가 누워 있었다. 비록 그것은 말이 없었지만 자기가 무엇인지를 끔찍한 나름의 언어로 알리고 있었다.

방은 매우 어두웠다. 너무 어두워서 뭐가 있는지 제대로 보이지 않았다. 하지만 스크루지는 비밀스런 충동에 못 이겨 재빨리 방 안을 둘러보았다. 그게 어떤 방인지 알고 싶어 참을 수 없었다. 마침 희미한 빛이 밖에서 솟아올라 침대로 곧장 떨어졌다. 침대 위에는 도둑맞고 빼앗겨 아무 것도 없는, 아무도 봐주지 않고, 아무도 울어주지 않고, 아무도 돌봐주지 않는 남자의 시체가 뉘어 있었다.

스크루지는 유령을 바라보았다. 유령의 손이 흔들림 없이 시체의 머리를 가리켰다. 침대보는 아무렇게나 씌워져 있어 조금만 들춰도, 그러니까 스크루지가 살짝 손가락만 대도 얼굴이 드러날 참이었다. 스크루지는 그렇게 할까 생각해보았다. 그건 무척 쉬워보였고, 몹시 하고 싶었다. 그러나 자기 곁에 있는 유령을 떨쳐버리지 못하듯이 천을 벗길 힘도 없었다.

오, 차갑고도 차갑고 준엄하고 무서운 죽음이여, 그대의 제단을 여기에 세워라. 그대가 마음대로 부리는 공포로 제단을 치장하라. 이곳은 그대의 영토이니! 그러나 사랑받은 사람, 추앙받은 사람, 존경받은 사람에 대해서는 머리카락 한 올도 그대의 무시무시한 목적에 맞게 바꾸지 못하고, 그 얼굴 생김새 하나도 혐오스럽게 만들지 못할 것이다. 그것은 그 손이 무거워서 놓으면 툭 떨어질 것 같아서가 아니다. 그 심장과 맥박이 멈추어서도 아니다. 살아있는 동안 그 손이 펼쳐져 있었고, 너그러웠고, 진실했기 때문이다. 마음이 용감했고, 따뜻했고, 부드러웠기 때문이다. 맥박에 인간다움이 깃들어 있었기 때문이다. 공격하라, 어둠이여, 공격해보아라! 그러면 그의 상처에서 선한 행동이 솟구쳐 나와 불멸의 삶을 세상에 뿌리는 광경을 보게 되리라!

누군가 이런 말을 스크루지의 귀에 대고 한 것은 아니었다. 하지만 침대를 보고 있으려니 그런 말이 들렸다. 스크루지는 생각했다. 만일 이 남자가 지금 다시 일어난다면 맨 먼저 무슨 생각을 할까? 탐욕을 부리고 남들에게 가혹하게 굴며 투덜거릴까? 그 덕분에 정말이지 이토록 기막힌 죽음을 맞지 않았는가!

그 남자는 어둡고 텅 빈 집에 누워 있었다. 그의 곁에는 남자건 여자건 어린아이건, 그가 이런저런 점에서 자기에게 친절했다고 말해줄, 혹은 그가 건넨 친절한 말 한 마디를 기억하면서 자기도 그에게 친절을 베풀겠다고 나설 사람이 하나도 없었다. 고양이 한 마리가 거칠게 문을 긁고 있었다. 벽난로 바닥 밑에서는 쥐들이 갉아대는 소리가 들렸다. 그것들이 죽음의 방에서 원하는 게 무엇인지, 왜 그렇게 가만있지 못하고 들떠서 소란을 피우는지, 스크루지는 감히 생각하고 싶지 않았다.

스크루지가 말했다. "유령님! 여긴 무서운 곳입니다. 여길 떠나도 이곳의 교훈을 잊지 않겠습니다, 믿어주세요. 그러니

갑시다!"

여전히 유령은 흔들림 없는 손가락으로 머리를 가리켰다.

"당신의 뜻이 뭔지 압니다. 할 수 있으면 그렇게 하겠어요. 하지만 그럴 힘이 없어요, 유령님. 제겐 그럴 힘이 없어요."

다시 한 번 유령이 스크루지를 보는 듯했다.

스크루지가 고뇌에 몸부림치며 말했다. "만일 이 도시에 이 남자의 죽음으로 어떤 감정이든 느낀 사람이 있다면 그 사람을 보여주십시오, 유령님, 애원합니다!"

유령은 스크루지 앞에서 검은 옷자락을 잠깐 날개처럼 펼쳤다가 다시 접었다. 그러자 대낮의 환한 방 하나가 드러났고, 거기에 한 어머니와 아이들이 있는 것이 보였다.

여자는 안절부절못하며 누군가를 기다리고 있었다. 방 안을 이리 갔다 저리 갔다 하고 무슨 소리만 나도 흠칫 놀랐다. 창밖을 내다보고 시계를 힐끔거렸다. 바느질을 하려고 해도 잘 안 되고 아이들이 노는 소리도 참기 힘든 모양이었다.

마침내 그렇게 기다리던 노크 소리가 들렸다. 여자는 서둘러 문으로 가서 남편을 맞았다. 남자는 젊지만 늘 걱정에 찌들고 우울한 얼굴을 하고 있었다. 그런데 이제는 그 얼굴에 평소와 다른 표정이 감돌았다. 남자는 몹시 기쁜 듯했으나 그런 감정을 느끼는 게 부끄러운지 억누르려 애쓰고 있었다.

남자는 난롯불 옆에 식지 않게 놓아두었던 저녁식사를 앞에 놓고 앉았다. (한참 침묵이 흐른 뒤에) 여자가 남자에게 자그마한 목소리로 무슨 일이냐고 물었다. 남자는 어떻게 대답할지 난처한 기색이었다.

여자가 남자를 거들려고 말했다. "좋은 소식이에요? 아니면 나쁜 소식?"

"나쁜 소식이오."

"우리 완전히 망한 거예요?"

"아니, 아직 희망은 있어요, 캐롤라인."

"그 사람이 누그러진다면?" 여자가 놀란 듯 말을 이었다. "그래요! 희망이 없진 않아요, 그런 기적이 일어난다면."

남편이 말했다. "누그러진 정도가 아니에요. 그 사람, 죽었어요."

여자는 생긴 대로라면 온순하고 참을성이 있을 법한 여자였다. 그러나 이 소식을 듣고 속으로 감사했고, 이어 손뼉을 치며 감사한 일이라고 말했다. 곧바로 용서를 빌며 안됐다고 말하긴 했지만 처음 반응이 여자의 진실한 감정이었다.

"내가 어젯밤 당신에게 말한 그 반쯤 취한 여자 말이오. 내가 그 양반을 만나 기한을 일주일만 늦춰보려고 했을 때 그 여자가 한 말이, 나는 그게 그 양반이 나를 피하려는 단순한 핑계인 줄 알았는데, 사실이었어요. 몹시 아픈 정도가 아니라 죽어가고 있었던 거예요, 그때."

"누구에게 우리 빚이 넘어갈까요?"

"모르겠어요. 하지만 그 전에 돈을 마련할 수 있겠지. 돈을 마련하지 못한다고 하더라도, 우리가 정말로 운이 나빠야 다음 채권자도 그렇게 무자비하겠지요. 오늘밤은 가벼운 마음으로 잘 수 있겠어요, 캐롤라인!"

그렇다. 가라앉히려고 해도 그들의 마음은 가볍게 들떴다. 소리를 죽이고 둥그렇게 모여들어 잘 이해하지도 못하는 말에 귀를 기울이던 아이들도 얼굴이 밝아졌다. 그 남자가 죽음으로써 이 집은 행복해진 것이다! 그의 죽음이 불러일으킨 감정으로 유령이 그에게 보여줄 수 있는 것은 기쁨뿐이었다.

스크루지가 말했다. "이 죽음 때문에 안타까워하는 사람이 있으면 보여주세요. 아니면 그 컴컴한 방을, 우리가 방금 본 방 안의 모습을 저는 영영 기억에서 떨쳐낼 수 없을 거예요."

유령은 스크루지가 익히 다니던 이 거리 저 거리로 스크루지를 데리고 다녔다. 거리를 다니면서 스크루지는 자기를 찾아보려 여기저기를 둘러보았지만 어디에서도 자기 모습이 보이지 않았다. 둘은 불쌍한 보브 크래치트의 집으로 들어갔다. 전에 왔던 곳이었다. 크래치트 부인과 아이들이 난롯가에 앉아 있었다.

조용했다. 아주 조용했다. 소란스럽던 어린 크래치트 남매조차 한 구석에 조각상처럼 꼼짝하지 않고 앉아서, 앞에 책을 펼쳐둔 피터를 올려다보았다. 크래치트 부인과 딸들은 바느질에 여념이 없었다. 하지만 확실히 그들은 매우 조용했다!

"예수께서 한 어린아이를 불러 그들 가운데 세우시고."

이 말이 어디에서 나와 스크루지의 귀에 들렸을까? 꿈을 꾼 것은 아니었다. 그것은 스크루지와 유령이 문간에 들어설 때 피터가 소리 내어 읽은 것이 틀림없다. 왜 계속하지 않는 걸까?

크래치트 부인이 일감을 탁자 위에 내려놓고 한 손으로 얼굴을 가렸다.

부인이 말했다. "이 색깔 때문에 눈이 아프구나."

색깔?* 아, 불쌍한 꼬마 팀!

....
* 여기서 크래치트 부인과 딸들은 검은 상복을 짓고 있다.

152

크래치트 부인이 말했다. "이제 좀 괜찮구나. 촛불 아래서 이 색깔을 보니 눈이 침침하네. 너희 아버지에게 충혈된 눈을 절대로 보여주고 싶지 않은데. 그나저나 오실 시간이 다 됐는데."

피터가 책을 탁 덮으며 대답했다. "그 시간은 벌써 지났어요. 그런데 요 며칠 저녁에 아빠의 걸음이 보통 때보다 느려진 것 같아요, 엄마."

가족들은 다시 매우 조용해졌다. 마침내 어머니가 딱 한 번 흔들렸을 뿐 차분하고 밝은 목소리로 말했다.

"아빠의 발걸음은……, 꼬마 팀을 어깨에 태우고 걸을 때에는 아빠의 발걸음이 아주 빨랐단다."

피터가 외쳤다. "저도 알아요. 자주 그러셨죠."

"저도 알아요." 다른 아이가 소리쳤다. 모두가 알고 있었다.

엄마가 일감에 집중하며 다시 입을 열었다. "하지만 그 앤 아주 가벼웠어. 그리고 아빠는 그 애를 무척 사랑하셨지. 그래서 무겁지 않았던 거야, 조금도. 어, 아빠 오셨나 보다!"

크래치트 부인은 서둘러 남편을 맞으러 나갔다. 목도리를 두른 보브가―불쌍한 보브, 그에겐 목도리가 필요했다*―들어

....
* 목도리를 뜻하는 'comforter'에는 위안을 주는 사람이나 물건이라는 뜻도 있다.

왔다. 보브가 마실 차가 난로 안 요리판 위에 준비되어 있었
고, 아이들은 서로 차 마시는 아빠의 시중을 들겠다고 달려들
었다. 그러다 어린 크래치트 남매가 아빠의 무릎에 올라앉아
'괴로워마세요, 아빠. 슬퍼하지 마세요!' 라고 말하듯이 아빠
의 얼굴에 작은 뺨을 비볐다.

보브는 아이들 덕분에 기운이 났다. 그래서 가족들에게 쾌
활하게 말을 걸었다. 보브는 탁자 위에 놓인 일감을 보고 크래
치트 부인과 딸들이 수고가 많으며 일하는 속도가 빠르다고
칭찬했다. 일요일이 되기 훨씬 전에 끝낼 수 있겠다고 보브가
말했다.

보브의 아내가 말했다. "일요일이라고요! 그러면, 오늘 다
녀온 거예요, 로버트?"

"응, 여보. 당신도 같이 갔으면 좋았을 텐데. 그곳이 얼마나
푸르른 곳이지 보았으면 좋아했을 텐데. 어쨌든 당신도 자주
보게 될 거예요. 일요일마다 거기에 가겠다고 아이에게 약속
했으니까. 아아, 사랑하는 내 아들!" 보브가 절규했다. "사랑하
는 내 아들!"

보브는 갑자기 무너져 내렸다. 어쩔 수 없었다. 달리 어쩔
수 있었다면 아이를 지금처럼 곁에 두지 않았을 터였다.

보브는 방에서 나와 계단을 올라 위층에 있는 방으로 갔다. 방은 환하게 밝혀져 있고 호랑가시나무 가지가 걸려 있었다. 아이 바로 옆에 의자가 하나 있는데 얼마 전까지 누군가 앉았던 흔적이 보였다. 불쌍한 보브는 의자에 앉아 얼마간 생각을 하다 진정이 되자 아이의 작은 얼굴에 입을 맞추었다. 보브는 이미 일어난 일은 받아들이기로 하고 다시 꽤 밝은 기분이 되어 아래로 내려왔다.

가족들은 난롯가에 모여 얘기를 나누었다. 딸들과 엄마는 일감을 손에서 놓지 않은 채였다. 보브는 가족들에게 스크루지 씨의 조카가 얼마나 친절한 분인지 얘기했다. 한 번밖에 보지 않았는데도 그날 거리에서 마주쳤을 때 보브가 조금, 보브의 말대로라면 "아주 조금" 침울해보이자 무슨 힘든 일이라도 있느냐고 물었단다. "그 말에, 당신도 그렇게 상냥하게 말하는 사람은 못 봤을 거요, 내가 털어놓았지. 그랬더니 그분이 '정말 안됐습니다, 크래치트 씨' 그러면서 '선생님의 훌륭한 부인께도 위로를 전해주십시오' 그러더군. 그런데 그분이 그걸 어떻게 알았는지 모르겠단 말이야."

"뭘 알았다는 말이에요, 여보?"

보브가 대답했다. "뭐긴, 당신이 훌륭한 아내라는 사실이지."

피터가 말했다. "그건 모두가 알아요!"

보브가 외쳤다. "말 한번 잘했다, 우리 아들! 정말 그렇다면 좋겠구나. '선생님의 훌륭한 부인께도 위로의 말을 전해주십시오. 무엇이든 제가 도울 일이 있다면' 이러더니 명함을 주면서 '이게 제 주소입니다. 부디 들러주세요' 하는 거요". 보브가 또 소리쳤다. "그분이 우리를 위해 뭘 해줄 수 있어서가 아니라 그처럼 마음을 써주니 얼마나 기쁘던지. 정말 우리 꼬마 팀을 알고 있고 우리와 같은 마음인 것처럼 보였어요."

크래치트 부인이 말했다. "선한 분인 게 분명해요!"

보브가 대답했다. "그분과 만나 얘기를 나눠보면 더 분명히 알게 될 거예요. 잘 들어요. 나는 그분이 피터에게 더 좋은 자리를 마련해준대도 전혀 놀라지 않을 것 같아."

"잘 들어두렴, 피터." 크래치트 부인이 말했다.

딸 하나가 소리쳤다. "그러면 피터는 곧 연애도 하고 독립도 하겠네요."

"그런 소리 하지 마!" 피터가 쏘아붙이면서도 씨익 웃었다.

"당장 그럴 것 같지는 않구나. 시간은 아직 많이 있단다, 얘야. 하지만 우리가 언제 어떻게 헤어지더라도 불쌍한 꼬마 팀을, 그리고 우리에게 찾아온 첫 번째 이별을 잊지 않을 거지?"
보브가 말했다.

"물론이에요, 아빠!" 모두 함께 외쳤다.

"그리고 얘들아, 꼬마 팀은 아주 작은 아이였지만 얼마나
참을성 있고 온순했니. 그걸 기억한다면 불쌍한 꼬마 팀을 잊
어버리고 우리끼리 쉽게 다투는 일은 없으리라고 믿는다." 보
브가 말했다.

"절대 그러지 않을게요, 아빠!" 모두들 다시 한 번 외쳤다.

"아빤 정말 행복하다, 정말 행복해!"

크래치트 부인이 남편에게 입을 맞추었다. 이어 딸들이 아
빠에게 입을 맞추었다. 어린 크래치트 남매도 입을 맞추었다.
피터는 악수를 했다. 꼬마 팀의 영혼이여, 지극히 아이다운 너
의 모습은 신이 주신 것이었구나!

스크루지가 말했다. "유령님, 우리가 헤어질 순간이 가까워
졌다고 무언가가 알려주네요. 그건 저도 알아요. 하지만 어떻
게 헤어지게 될지는 몰라요. 말씀해주세요. 우리가 본, 그 죽
어 있는 남자는 누구인가요?"

'앞으로 올 크리스마스'의 유령은 스크루지를 전과 마찬가
지로 사업가들이 북적대는 곳으로 데려갔다. —그런데 시간은

다른 것 같다고 스크루지는 생각했다. 정말로 이 미래의 장면들은 미래라는 점을 빼면 시간의 순서가 없는 듯 했다.— 하지만 미래의 스크루지를 보여주지는 않았다. 사실 유령은 어떤 이유로든 한곳에 머무르지 않았다. 당장 가야 할 곳이 있는 것처럼 곧장 나아가니 스크루지가 잠시 멈춰달라고 애원했다.

스크루지가 말했다. "이 거리, 우리가 서둘러 지나가고 있는 이 거리는 오랫동안 제 일터가 있었고 지금도 있는 곳입니다. 건물이 보이네요. 제가 앞으로 어떻게 되는지를 보게 해주세요."

유령이 멈췄다. 손이 다른 곳을 가리켰다.

스크루지가 소리쳤다. "사무실은 저쪽인데요. 왜 다른 곳을 가리키십니까?"

사정없는 손가락은 변함없이 그대로 있었다.

스크루지는 서둘러 사무실 창가로 다가가 안을 들여다보았다. 안은 여전히 사무실이었지만 스크루지의 사무실은 아니었다. 가구도 바뀌었고, 의자에 앉아 있는 사람도 스크루지가 아니었다. 유령은 아까처럼 다른 곳을 가리켰다.

스크루지는 미래의 자기가 왜, 어디로 가버린 건지 궁금해하며 다시 유령에게 돌아갔다. 그렇게 유령을 따라가다 보니 어떤 철문에 다다랐다. 스크루지는 들어서기 전에 잠시 멈춰서서 주위를 둘러보았다.

교회 묘지였다. 그렇다면 이제 곧 스크루지가 이름을 알게 될 그 비참한 남자가 여기 땅 속에 누워 있을 터였다. 그 남자에게 어울리는 곳이었다. 사방이 집들로 둘러싸인 묘지는 온갖 잡초로 뒤덮여 있었다. 초목의 생명이 아닌 그 죽음이 자라난 것처럼. 거기에 빈틈없이 들어찬 무덤들은 배가 터지게 먹고 뒤룩뒤룩 기름진 모습을 떠올리게 했다. 딱 어울리는 곳이었다!

유령은 무덤들 사이에 서서 손을 내려뜨려 한 무덤을 가리켰다. 스크루지는 덜덜 떨며 그 앞으로 다가갔다. 유령은 지금까지의 모습 그대로였지만 스크루지는 유령의 엄숙한 모습에서 새로운 의미를 발견하고 두려웠다.

스크루지가 말했다. "제가 유령님이 가리키는 그 비석에 가까이 가기 전에 한 가지만 대답해주세요. 이것들은 그렇게 될 것들의 환영인가요, 아니면 다만 그렇게 될 수도 있는 것들의 환영인가요?"

여전히 유령은 옆에 있는 무덤을 가리키고 있었다.

스크루지가 말했다. "인간이 가는 길을 보면 어떤 끝을 맞을지 알 수 있지요. 어떤 하나의 길을 고집하면 반드시 같은 끝을 맞지요. 하지만 그 길에서 벗어난다면 끝도 바뀌겠지요. 말해주세요, 유령님이 보여주시는 것도 그와 같다고!"

유령은 언제나처럼 움직이지 않았다.

스크루지는 덜덜 떨면서 무덤 쪽으로 기어갔다. 유령의 손가락이 가리키는 곳을 보았고, 방치된 듯한 무덤의 비석에서 바로 자기 이름을 읽어냈다. 에버니저 스크루지.

"침대에 누워있던 남자가 저인가요?" 스크루지는 무릎을 꿇고 울부짖었다.

유령의 손가락은 무덤을 떠나 스크루지를 가리켰다. 그리고 다시 무덤을 가리켰다.

"안 돼요, 유령님! 오, 안 돼요, 안 돼!"

손가락은 여전히 무덤을 가리키고 있었다.

스크루지는 유령의 옷자락을 꽉 붙잡으며 절규했다. "유령님! 제 말 좀 들어보세요! 저는 예전의 제가 아닙니다. 이렇게 유령님을 만나지 않았다면 분명히 그렇게 되었을 그런 사람이 되지 않겠습니다. 제게 희망이 없다면 왜 이런 광경을 보여주시나요?"

처음으로 유령의 손이 떨리는 듯 보였다.

스크루지가 유령 앞에 털썩 엎드리며 말했다. "선한 유령님, 유령님의 본성은 저를 위해 나서고 싶어 하고 저를 불쌍히 여기고 계십니다. 제가 새로운 삶을 살면 유령님이 보여주신 이 환영을 제가 다르게 바꿀 수 있다고 약속해주세요!"

마음이 약해진 유령의 손이 떨렸다.

"크리스마스를 가슴 깊이 새기고 일 년 내내 기리겠습니다. 과거에 살고, 현재에 살고, 미래에 살겠습니다. 세 유령님 모두 제 안에서 도와주실 것이라고 믿습니다. 유령님들이 가르쳐주신 교훈을 저버리지 않겠습니다. 오, 제가 이 비석에 적힌 이름을 지울 수 있다고 말해주세요!"

고통에 몸부림치며 스크루지는 유령의 손을 잡았다. 유령은 손을 빼내려고 했지만 간절한 마음에 힘이 세진 스크루지가 붙잡고 놓아주질 않았다. 그러나 유령이 더 힘이 셌기에 스크루지를 뿌리쳐버렸다.

두 손을 쳐들고 운명을 바꿔달라고 마지막 기도를 올리는 순간, 스크루지는 유령의 두건과 옷이 변하는 것을 보았다. 유령은 줄어들고 꺼지고 점점 쪼그라들더니 침대 기둥이 되었다.

그랬다! 게다가 침대 기둥은 스크루지의 것이었다. 침대도 스크루지의 침대였고, 방도 스크루지의 방이었다. 무엇보다 좋고, 또 기쁜 일은 스크루지 앞에 놓인 시간이 스크루지 자신의 것이라는 사실이었다. 그간의 잘못을 바로잡을 수 있는 시간이!

"과거에 살고, 현재에 살고, 미래에 살겠습니다!" 스크루지는 유령에게 했던 말을 되풀이하며 침대에서 뛰쳐나왔다. "세 유령님 모두 제 안에서 도와주실 것이라고 믿습니다. 오, 제이컵 말리! 이런 일을 행하신 하느님과 크리스마스를 찬양합니다! 나는 무릎을 꿇고 이 말을 하고 있다네, 제이컵, 무릎을 꿇고 말이야!"

스크루지는 좋은 일을 하고 싶은 마음에 심장이 두근거리고 가슴이 기쁨으로 벅차올랐다. 그 바람에 목소리가 갈라져 마음껏 소리를 낼 수 없었다. 유령에 매달리며 심하게 흐느꼈던 터라 얼굴은 눈물범벅이었다.

스크루지는 침대 커튼 한 자락을 끌어안으며 외쳤다. "뜯어가지 않았구나, 뜯어가지 않았어. 고리 같은 것도 다 그대로 있어. 커튼이 여기 그대로 있어. 나도 여기 그대로 있고. 그렇게 될 수도 있었던 일들의 환영은 사라질 거야. 그럴 거야. 난 알아!"

그러는 내내 스크루지의 손은 옷을 입느라 분주했다. 뒤집어 입었다가, 위아래를 바꿔 입었다가, 거칠게 잡아당기다가 뜯어버렸다가, 엉뚱한 데 걸치는 등 온갖 난리를 피웠다.

"뭘 해야 할지 모르겠어!" 스크루지가 웃다가 곧바로 울다가 하며 소리쳤다. 게다가 양말과 씨름하는 모습은 영락없는 라오콘*이었다. "나는 깃털처럼 가볍고, 천사처럼 행복해. 아

....
* 트로이의 사제인 라오콘은 그리스군의 목마를 성 안에 끌어들이는 것에 반대하다가 여신 아테나의 노여움을 사서 두 아들과 함께 큰 뱀에게 목이 졸려 죽었다. 라오콘과 두 아들이 이렇게 죽임을 당하는 모습은 기원전 1세기 중엽에 제작된 〈라오콘 군상〉이라는 대리석 조각 작품으로 형상화되었다. 여기서 디킨스는 스크루지가 양말과 씨름하는 장면을 묘사하다가 바로 이 〈라오콘 군상〉을 떠올린 것이다.

이처럼 즐겁고, 술 취한 사람처럼 어지러워. 모두들 즐거운 크리스마스! 세상 사람들 모두 새해 복 많이 받으시오! 이봐, 여기예요! 우와! 이봐!"

스크루지는 깡충깡충 뛰어 거실로 갔다. 거기에 서 있으려니 숨이 턱에 찰 지경이었다.

"저건 귀리죽이 담겨 있었던 냄비이고!" 스크루지는 또 깡충거리며 난로 주위를 돌았다. "저 문으로 제이컵 말리의 유령이 들어왔고! 저 구석에 현재의 크리스마스 유령이 앉아 있었지! 저 창으로 공중을 떠도는 유령들을 보았고! 모두 맞아, 모두 사실이야, 정말로 일어났던 일이야! 하하하!"

정말이지, 아주 오랜 세월 웃지 않던 사람의 웃음 치고는 시원한, 아주 환한 웃음이었다. 그것은 앞으로 오래오래 이어질 밝은 웃음의 시초였다!

스크루지가 말했다. "오늘이 며칠인지 모르겠네! 얼마나 오래 유령들과 함께 있었는지도 모르겠어. 아무것도 모르겠어. 나는 아기나 마찬가지야. 무슨 걱정이야. 상관없어. 차라리 아기가 될 테다. 어이! 우후! 여기야, 여기!"

스크루지는 그렇게 들떠 있다가 이제껏 들어본 소리 중 최고로 우렁찬 소리에 멈칫했다. 땡그랑, 땡그랑, 망치소리. 딩,

동, 종소리. 종소리, 동, 딩. 망치소리, 땡그랑, 땡그랑! 오, 아름답도다, 아름다워!

스크루지는 창가로 달려가 창문을 열고 고개를 내밀었다. 안개 따윈 없었다. 맑고 밝고 상쾌하고 짜릿한 흥분을 일으키는 추위, 춤추고 싶도록 피가 끓게 하는 추위. 황금빛 햇살, 눈부시게 아름다운 하늘, 달콤하고 청량한 공기, 명랑한 종소리. 오, 아름답도다. 아름다워!

"오늘이 며칠이냐?" 스크루지가 저 아래 주일 옷차림을 한 소년을 보고 소리쳤다. 소년은 주변을 둘러보며 어슬렁거리는 중이었던 듯했다.

"네?" 소년이 몹시 놀라며 대꾸했다.

"오늘이 며칠이냐고, 애야."

"오늘요! 그야, 크리스마스죠."

"크리스마스라고!" 스크루지가 혼잣말했다. "크리스마스를 놓치지 않았네. 유령들이 그 모든 일을 하룻밤 새에 다 했군. 그 양반들은 하고 싶은 일은 뭐든 할 수 있어. 할 수 있고말고. 암, 할 수 있고말고. 안녕, 어린 친구!"

"안녕하세요." 소년이 대꾸했다.

"너 다음다음 거리 모퉁이에 있는 칠면조 가게 아니?"

"알 것 같은데요."

"똑똑한 아이구나! 아주 대단해! 혹시 거기 걸려 있던 최상품 칠면조가 팔렸는지 안 팔렸는지 아니? 작은 것 말고 큰 것 말이야!"

"네? 저만큼 큰 것 말이에요?"

"정말 맘에 드는 녀석일세! 너랑 얘기하는 게 즐겁구나. 그래, 멋진 친구!"

"거기 아직 걸려 있어요."

"그래? 그럼 그거 좀 사오너라."

"에이, 농담 마세요!" 소년이 놀라서 소리쳤다.

"아니, 아니, 진짜야. 얼른 가서 그걸 사고, 이리로 가지고 오라고 해다오. 그러면 어디로 배달해야 하는지를 알려준다고 하고. 배달부를 데려오면 일 실링을 주마. 오 분 안에 데려오면 반 크라운을 준다!"

소년이 총알처럼 튀어 갔다. 그렇게 빨리 튀어 가다니, 마치 방아쇠에 손가락이 걸려 있었던 것 같았다.

"보브 크래치트에게 보내야지!" 스크루지가 손을 비비고 중얼거리다가 너털웃음을 웃었다. "그 친구는 누가 보냈는지 모를 거야. 칠면조 크기가 꼬마 팀의 두 배는 되겠다. 조 밀러*라 해도 그걸 보브한테 보내겠다는 따위 농담은 못해봤을 거야!"

주소를 적는 스크루지의 손이 떨렸다. 그러나 어떻게든 써 내려간 뒤 아래층으로 내려가 현관문을 열었다. 칠면조 배달부를 맞으려는 것이었다. 거기 서서 배달부가 도착하는 것을 기다리려니 문 두드리는 쇠고리가 눈에 들어왔다.

"내가 살아 있는 한 이 녀석을 계속 사랑할 거야!" 스크루지가 외치며 쇠고리를 쓰다듬었다. "전에는 거의 들여다보지도 않았지. 정말 정직한 표정을 짓고 있군! 아주 훌륭한 쇠고리야! 오, 칠면조가 왔네. 안녕! 와우! 안녕하신가! 메리 크리스마스!"

칠면조가 맞긴 한데, 이 녀석은 두 다리로 서보지 못했을 것 같았다. 그랬더라면 다리가 당장에 봉랍 막대†처럼 뚝 부러지고 말았을 것이다.

스크루지가 말했다. "이런, 이걸 캠던타운까지 들고 가는

....

* Joe Miller(1684~1783). 영국의 유명한 희극배우. 그가 말했다고 알려진 우스갯소리들이 사후에 책으로 묶여 출판됐다.

† 열을 가해 녹인 다음 굳혀서 편지, 포장물, 병 따위를 봉하여 붙이는 데 쓰는 수지질의 혼합물 막대.

건 불가능하겠는 걸. 마차를 불러야겠어."

스크루지는 이 말을 하면서 킥킥 웃고, 칠면조 값을 치르면서 킥킥 웃고, 마차 삯을 치르면서 또 킥킥 웃고, 소년에게 사례를 하면서도 킥킥 웃었다. 그러고도 그치지 않고 더 크게 킥킥거리다 숨이 차서 다시 의자에 앉았는데도 눈물이 날 때까지 웃음을 멈추지 못했다.

손이 계속 덜덜 떨렸으므로 면도는 쉽지 않은 일이었다. 면도는 집중을 요한다. 면도를 하면서 춤을 추고 있지 않더라도 말이다. 그러나 스크루지는 코끝을 베었다고 해도 반창고 하나 붙이고는 아주 만족스러워했을 것이다.

스크루지는 최고로 좋은 옷을 차려 입고 마침내 거리로 나섰다. 이때 현재의 크리스마스 유령과 함께 본 것처럼 사람들이 쏟아져 나오고 있었다. 스크루지는 뒷짐을 지고 걸으며 모든 사람에게 활짝 웃어주었다. 한마디로 스크루지는 그냥 지나칠 수 없을 정도로 유쾌해보였고, 쾌활한 사람 서넛이 그에게 이렇게 말을 건넸다. "안녕하세요, 선생님! 크리스마스 즐겁게 보내세요!" 그 뒤로 스크루지는 그때까지 들어본 듣기 좋은 소리 중에 그 인사가 가장 듣기 좋았다고 두고두고 이야기했다.

스크루지는 얼마 가지 않아 뚱뚱한 신사가 자기에게 다가오는 것을 보았다. 전날 스크루지의 회계사무소로 들어와 "여기가 스크루지와 말리 사무소 맞지요?"하고 묻던 신사였다. 둘이 맞닥뜨렸을 때 이 나이든 신사가 자기를 어떻게 바라볼까 생각하니 가슴이 찌르르 아파왔다. 하지만 스크루지는 어떤 길이 자기 앞에 놓여있는지를 알았고, 그 길을 택했다.

"선생님." 스크루지가 걸음을 빨리하여 두 손으로 그 나이든 신사를 붙잡았다. "안녕하세요? 어제 모금을 많이 하셨는지 모르겠네요. 그랬으면 좋을 텐데. 찾아주셔서 참 고마웠습니다. 크리스마스 즐겁게 보내세요, 선생님!"

"스크루지 씨?"

"예, 그게 제 이름이지요. 안타깝지만 제 이름이 달갑지 않으시겠지요. 부디 용서를 빕니다. 그리고 부탁이 있는데요." 이 대목에서 스크루지가 신사에게 귓속말을 했다.

"오, 세상에!" 신사가 숨이 멎을 듯이 놀라서 소리쳤다. "친애하는 스크루지 씨, 진심인가요?"

"부탁드리건대, 단 한푼도 덜 받으시면 안 돼요. 그간 밀린 돈까지 다 합친 거니까요. 정말입니다. 그래주실 수 있지요?"

상대가 스크루지의 손을 덥석 잡고 흔들며 말했다. "친애

하는 선생님, 이렇게 후의를 베푸시니 무슨 말씀을 드려야 할……"

"아무 말도 하지 마세요, 제발." 스크루지가 얼른 말을 막았다. "저를 만나러 오세요. 오실 거죠?"

"그럼요!" 노신사가 외쳤다. 그가 정말로 그러리라는 것은 분명했다.

스크루지가 말했다. "고맙습니다. 대단히 고맙습니다. 수십 번이고 감사드립니다. 신의 축복이 있기를!"

스크루지는 교회에 갔다가, 거리를 이리저리 거닐다가, 사람들이 서둘러 오고가는 것을 지켜보았다. 아이들의 머리를 쓰다듬어주고, 거지들에게 말을 건네고, 이 집 저 집 부엌을 들여다보고, 창문을 올려다보며 모든 것에서 기쁨을 느낄 수 있음을 깨우쳤다. 스크루지는 걷는 일에서 이렇게, 혹은 그 어떤 것에서라도 이렇게 행복을 느낄 수 있으리라고는 한 번도 생각해본 적이 없었다. 오후가 되자 스크루지는 조카네 집으로 발걸음을 옮겼다.

스크루지는 용기를 내어 문을 두드리기까지 열 번도 넘게 문 앞을 지나쳤다. 그러나 일단 마음을 먹자 단숨에 달려 올라가 문을 두드렸다.

"주인어른 계신가, 아가씨?" 스크루지가 젊은 여자에게 물었다. 상냥한 아가씨였다! 아주.

"네, 선생님."

"어디 계신가, 아가씨?"

"식당에 계십니다, 선생님. 부인과 함께요. 괜찮으시다면 이층으로 모셔다드릴게요."

"고맙네. 주인어른은 날 아시네." 그렇게 말하는 스크루지의 손이 이미 식당 문의 손잡이를 잡고 있었다. "이리로 들어가겠네, 아가씨."

스크루지는 조심스럽게 손잡이를 돌리고 문틈으로 슬며시 얼굴을 들이밀었다. 조카 내외가 그릇이 잔뜩 놓인 식탁을 바라보고 있었다. 요새 젊은 주부들은 늘 이런 것에 신경을 쓰며 모든 게 제대로 됐는지를 확인하고 싶어 한다.

"프레드!" 스크루지가 불렀다.

아이 깜짝이야! 조카며느리가 얼마나 놀라던지! 스크루지는 조카며느리가 발받침에 발을 올려놓고 구석에 앉아 있다는 사실을 깜빡 잊었다. 그러지 않았다면 절대로 그렇게 조카 이름을 부르지 않았으리라.

"아이고! 이게 누구십니까?" 프레드가 소리쳤다.

"나야. 자네 삼촌 스크루지. 저녁 먹으러 왔다. 들어가도 되겠느냐, 프레드?"

되고말고요! 프레드가 어찌나 세게 스크루지의 팔을 흔들어 댔는지, 팔이 빠지지 않은 것만도 다행이었다. 스크루지는 오 분만에 제 집에 있는 것처럼 편안해졌다. 이보다 더 따뜻이 맞아줄 수 있을까. 조카며느리의 표정도 따뜻했다. 나중에 온 토퍼도 그랬다. 조카며느리의 통통한 여동생도 마찬가지였다. 그 집에 들어서는 사람들은 모두 따뜻한 얼굴을 하고 있었다. 파티는 멋졌고, 놀이는 흥미진진했고, 그들과 하나가 된 기분은 근사했다. 기막히게 행복했다!

그러고도 스크루지는 다음날 아침 일찍 사무실에 나갔다. 오, 정말로 일찍감치 나갔다. 사무실에 먼저 가서 뒤늦게 오는 보브 크래치트를 맞을 것! 그것이 스크루지가 기필코 하려고 한 일이었다.

스크루지는 해냈다. 그랬다, 정말로! 시계가 아홉 시를 쳤다. 보브는 나타나지 않았다. 십오 분이 지났다. 보브는 나타나지 않았다. 보브는 십팔 분 하고도 삼십 초나 늦게 나타났다. 스크루지는 보브가 골방으로 들어가는 것을 볼 수 있도록 자기 방문을 활짝 열어놓고 앉아 있었다.

보브는 문을 열기도 전에 모자를 벗었다. 목도리도 풀었다. 당장 걸상에 걸터앉았다. 그리고 지각한 만큼의 시간을 벌충하려는 듯 바삐 펜을 놀렸다.

"안녕하신가!" 스크루지가 될 수 있는 한 평소와 같이 목소리를 꾸며 으르렁거렸다. "지금 이 시각에 나타난다는 건 무슨 뜻이지?"

"정말 죄송합니다, 사장님. 제가 좀 늦었습니다."

"늦었다고?" 스크루지가 되물었다. "그래, 자넨 늦었어. 이리 좀 오지, 괜찮으면."

보브가 골방에서 나오며 사정했다. "일 년에 딱 한 번 늦은 거잖습니까, 사장님. 다시는 이런 일이 없을 겁니다. 어제 좀 과하게 즐기다보니."

"자, 들어보게, 친구. 난 이런 일을 더는 참을 수 없네. 그래서 말인데……." 스크루지가 걸상에서 펄쩍 뛰어내리며 팔로 보브의 옆구리를 쿡 찌르는 바람에 보브는 휘청거리다가 다시 골방 안으로 들어가게 됐다. "그래서 말인데, 자네 봉급을 올려주려고 하네!"

보브는 몸을 떨었다. 그리고 자가 있는 쪽으로 몸을 달싹 움직였다. 그 자로 스크루지를 때려눕히고 꼼짝 못 하게 한 뒤

거리에 있는 사람들에게 구속복*을 가져다달라고 소리칠까 하는 생각이 순간 스쳤던 것이다.

"메리 크리스마스, 보브!" 스크루지가 보브의 등을 두드리면서 잘못 보일 리 없는 진실한 태도로 말했다. "이 착한 친구야, 오랜 세월 나 때문에 맘껏 크리스마스를 즐기지 못했을 거야. 하지만 이번에는 그동안의 어떤 크리스마스보다도 더 즐거운 크리스마스가 되길 바라네! 자네 봉급을 올려주겠네. 또 고생하는 자네 가족들을 도울 수 있도록 애써보겠네. 바로 오늘 오후 김이 모락모락 나는 비숍†을 한잔 하면서 자네 문제를 상의해보자고, 보브! 불을 더 지피고 글자 한 자 더 쓰기 전에 석탄부터 한 통 더 사오게, 보브 크래치트!"

스크루지는 약속 이상의 일을 해냈다. 말한 일을 전부 하고도 아주 많은 일을 더 해냈다. 그리고 다행히 죽지 않은 꼬마 팀에게는 또 다른 아버지가 되어주었다. 스크루지는 이 선한 도시에서, 나아가 이 선한 세상의 다른 도시, 더 작은 도시, 그보다 더 작은 도시에까지 좋은 친구, 좋은 주인, 좋은 사람

....
*   난폭한 죄수나 환자가 꼼짝 못하게 팔과 몸통을 한데 고정시키는 옷.
†   bishop. 크리스마스에 마시는, 포도주와 오렌지 설탕을 섞은 음료.

으로 소문이 났다. 어떤 이들은 스크루지가 변한 것을 보고 비웃었다. 그러나 스크루지는 그들을 비웃게 내버려두고 그들의 말을 귀담아듣지 않았다. 이제는 제법 현명해져서 이 지구상에서 선한 일을 하려면 처음에는 누군가가 비웃기 마련임을 알게 됐기 때문이었다. 그리고 여하튼 그런 사람들은 장님으로 살 테니 비웃기라도 해서 눈이 감기다시피 하는 편이 다른 모습보다 덜 추해보일 것이라고 생각했다. 스크루지 자신의 마음이 웃고 있으니 그것으로 충분했다.

스크루지는 그 뒤로 더는 유령과 맞닥뜨리지 않았다. 그래도 스스로 유령과 엮이게 될 일은 절대로 하지 않으면서 살았다. 사람들은 살아있는 사람 중에 크리스마스를 어떻게 보내야 하는지를 제대로 아는 사람이 있다면 그는 바로 스크루지일 것이라고 늘 이야기했다. 우리도, 우리 모두도, 정말이지, 그런 말을 듣게 되기를! 그리고 꼬마 팀이 말한 대로, 신이여 우리 모두를 축복해주소서!

끝.

옮긴이의 말

여러분은 이 책을 펼쳐들기 전부터 스크루지를 알고 있었을 겁니다. 스크루지가 크리스마스 전날 밤 찾아온 유령들의 인도로 새사람으로 태어난다는 이 책의 줄거리도 아마 익숙할 겁니다. 1843년 출간된 이래 지금까지 한 번도 절판되지 않았을 만큼 꾸준히 인기를 누려온 〈크리스마스 캐럴〉은 영화, 연극, 뮤지컬 등으로도 수차례 각색되었고, 몇 년 전에는 짐 캐리가 출연하는 애니메이션으로 만들어지기도 하여 대중에게 많이 알려져 있습니다.

그래서일까요? 저도 번역을 맡고서야 이 작품을 읽어보았지만, 그 전부터도 내용은 알고 있다고 생각했습니다. 그런데 막상 꼬마 팀을 비롯한 보브 크래치트의 가족 이야기는 생소

하기만 하더군요. 스크루지가 마음을 고쳐먹은 데는 이들의 영향도 제법 컸는데 말입니다. 게다가 흔히 생각하듯이 단순히 한 욕심 많은 개인의 변화만을 이야기하는 작품도 아니었습니다. 저자가 차갑고 인색하고 탐욕스런 스크루지를 내세워하고 싶었던 다른 얘기가 있었더군요.

저자 찰스 디킨스는 1812년 영국 포츠머스에서 해군 경리국의 하급관리인 존 디킨스와 교사가 되기를 희망한 엘리자베스 배로가 결혼하여 낳은 여덟 아이 중 둘째로 태어났습니다. 어린 시절은 순탄하지 않았습니다. 씀씀이가 큰 아버지가 빚을 갚지 못해 채무자들을 가두는 감옥에 수감되었기 때문입니다. 그때 열두 살에 불과했던 디킨스는 학교를 그만두고 구두약 공장에서 일하며 자신의 하숙비와 가족의 생계에 보탤 돈을 벌어야 했습니다. 말 그대로 쥐가 들끓는 열악한 환경에서 고된 노동에 시달렸지요.

디킨스는 이처럼 어린 자신이 아무런 보호도 받지 못하고 내팽개쳐진 데 대해 분노했습니다. 그러나 이런 경험은 그가 빈민에게 부당하게 작용하는 사회경제적 현실과 열악한 노동조건의 개혁에 관심을 갖는 계기도 되었습니다. 디킨스는 특히 배움의 기회를 빼앗기고 노동으로 내몰린 빈민 아이들에게 연민을 느꼈고, 정치적인 문건을 작성하여 이들에 대한 도움을 호소하려고 했습니다. 그러나 빈곤과 불평등을 몰아내자는 자신의 신념을 더 많은 사람들에게 전달하려면 크리스마스를 소재로 하여 누구나 깊이 공감할 수 있는 이야기를 지어내는 것이 훨씬 효과적이겠다고 판단하여 이 작품을 썼다고 합니다. 그런 만큼 이 작품에는 당시 사회상과 그에 대한 디킨스의 비판적인 시각이 담겨 있습니다.

당시는 산업혁명이 절정에 달한 때였습니다. 계급분화가 심화되면서 노동자들이 더욱 빈궁해졌지만, 의회를 차지한 신흥 자본가계급은 "빈곤은 개인의 나태와 실패의 문제"라며 구빈(救貧)을 위한 비용 지출에 비판적이었습니다. 그 결과 구빈 비용을 줄일 목적으로 1834년에 '신구빈법'이 도입되었고, 이 법에 따라 노동능력이 있는 빈민은 작업장에 수용되어 노역을 해야 했습니다. 작업장 수용자들은 스크루지가 이 작품에서 '밟아 돌리는 바퀴'를 언급한 데서 엿볼 수 있듯이 열악한 처우와 비인간적인 대우를 면하기 어려웠습니다. 빈민들 스스로 국가의 원조를 받는 것에 치욕을 느껴 구빈 신청을 포기하게 하려는 게 신구빈법의 의도였기 때문입니다. 이런 정책의 밑바탕에는 18세기 말에 출판된 맬서스의 '인구론'이 있었습니다. 맬서스는 잉여인구로 인한 식량부족이 빈곤과 죄악의 근원이라며 인구 억제를 주장했는데, 기득권 세력은 이런 경고를 반겼습니다. 빈민구제나 사회복지가 자칫 파국을 가져올 수도 있으니 굳이 그들을 도우려 애쓸 필요가 없다는 뜻이었으니까요.

스크루지도 자선모금을 하러 온 신사들에게 "가난한 자들이 죽어 없어지면 잉여인구라도 줄겠지"하고 빈정거립니다. 나중에 '현재의 크리스마스 유령'은 꼬마 팀의 운명을 걱정하는 스크루지에게 그가 한 바로 이 발언을 상기시키며 "누가 죽고 누가 살 것인지를 함부로 재단하지 말라"고 꾸짖지요. 또 '빈곤'과 '무지'를 상징하는 두 아이를 내보이며 도시를 향해 파멸을 조심하라고 경고합니다.

저는 유령의 이 경고에 디킨스가 하고 싶었던 얘기가 담겨 있다고 생각합니다. 그러니까 스크루지 같은 부자들이 자신들의 부와 지위를 누리는 데 만족한 채 가난을 개인의 탓으로 돌리고 가난한 사람들을 비난하기만 한다면 그들 자신도 결국은 파멸을 피할 수 없다는 것 말입니다.

물론 이 작품은 한 구두쇠가 개과천선한 이야기로 읽어도 충분히 재미있고 감동적입니다. 그러나 디킨스가 전하고자 한 사회개혁의 메시지에도 귀를 기울여보세요. 지금 우리가 사는 세계 역시 신자유주의가 득세한 뒤 양극화가 심화되며 빈곤계층이 늘어나고 있지만 그들을 경쟁에서 도태된 사람들로 취급할 뿐 보호하고 지원하는 일에 인색하기는 마찬가지이니까요.